나에게로 가는 길

조 정 래

지식과교양

정년퇴임 교수의 잡설

나는 음치, 몸치, 길치이다

나는 음치이다. 평소에 '노래 못하는 게 나의 유일한 열등감이야.'라고 농담 삼아 학생들에게 말하곤 했는데, 유일한 것은 아니었지만 노래 때문에 열등감에 시달린 건 사실이다. 그래서 한동안 '나는 왜 음을 못 잡는 걸까?' 하는 문제로 고민한 적이 있다.

그러다가 문득 내가 잘못 생각함을 알았다. 음정을 제대로 내지 못하는 게 아니라 음을 있는 그대로 듣지 않는 게 더 문제였다. 제대로 듣지 않아서 엉뚱하게 내 머릿속에 입력했으니 바른 음정을 낼 수 없었다.

TV나 라디오로 노래를 들을 때, '내 마음대로' 들었던 것이다. 바르게 들어야 바르게 음정을 표현할 수 있는 법인데, 내 마음대로 잘못 들었으니 제대로 표현할 리가 없다. 그래서 노래 몇 곡을 골라 잘 들으려고 애썼더니 조금은 제대로 부를 수 있었다. 친구들과 노래방에 가면 친구들이 감탄을 해줬다. '와, 조정래도 잘 부르네!' 사실 잘 부르는 게 아니라 예전에 너무 못 불렀으니 거기에 비하면 좀 낫다는 소리다.

나는 몸치다. 몸을 잘 쓰지 못한다. 당연히 운동도 잘 하지 못해서, 늘 '나는 왜 운동신경이 빵점일까?' 하고 한탄을 했다. 춤도 잘 추지 못한다. 몸이 딱딱해서 춤을 표현할 그릇이 되지 못한다. 스키든 골프든 수영이든 몸으로 배우는 것은 영 둔하다. 지금도 몸치에서 벗어나지 못하고 있다. 나이가 들어가니 더 심해질 뿐이다.

그런데 어느 날 나를 보니 몸을 '내 마음대로' 쓰고 있었다. 스키를 탈 때 어떻게 해야 속도가 나고 어떻게 해야 멈출 수 있는지를 알면서 몸을 그렇게 움직이지 않는 것이다. 머리로는 알면서도 몸은 제 멋대로 움직인다. '못 하는 게 아니라 안 하는 게 더 맞지 않을까?' 하는 생각을 했다.

내 몸은 내 마음과 달리 움직인다. 그게 몸치다. 불필요하게 힘을 쓰고 불필요하게 움츠러든다. 내가 스스로 제 몸을 가두고 있음을 알았다. 스스로 내 몸을 내가 제어하는 것이다. 그런 줄 알면서도 몸을 내 마음대로 부리려고 하는 나쁜 습관에서 벗어나기가 어렵다.

나는 길치이다. 길을 잘 찾지 못하는데, 그 중요한 원인은 방향감각이 둔한 데 있다. 어느 방향으로 가야 내가 원하는 길로 가는지 알지 못한다. 처음 가는 음식점이나 건물은 한참을 헤맨 후에야 겨우 찾아낸다. 나는 내 나이에 비해 비교적 스마트폰이나 컴퓨터를 잘 쓰는 편이지만, 구글 지도나 네이버 지도를 띄워놓고 〈길찾기〉 할 때는 정말 많이 헤맨다. 당연히 운전을 할 때도 내비게이션을 잘 보지 못해서 당황할 때가 많다.

길치이면서도 내 스스로 길을 찾겠다는 의욕은 강해서, 외국에 가서도 렌트카를 빌려서 스스로 운전해 보기를 좋아한다. 한번은 일본에서 아내를 옆에 태우고 하루 종일 운전만 한 적이 있다. 그리 멀지 않은 목적지인데, 길을 찾지 못해 헤매고 다닌 덕분이다. 물론 자동차에는 내비게이션이 달려 있었고, 또 한편에는 구글 지도를 띄운 스마트폰이 달려 있었다. 그럼에도 그렇게 길에서 시간을 낭비했다.

그러면 아내는 꼭 이렇게 말한다. "아휴, 이런 길치를 믿고 차를 타고 다니는 내가 바보지." 그러면서 평생 내가 운전하는 차의 조수석에 앉아 다녔다. 조수석에 앉은 아내 덕분에 그나마 큰 탈 없이 목적지에 도달하곤 한다. 나 혼자서는 늘 헤맨다. 음치가 내 마음대로 음을 들어서 생긴 문제이고, 몸치가 내 마음대로 몸을 써서 생긴 문제라면, 그렇다면 내가 길치인 이유 역시 '내 마음대로 방향을 잡아서'이지 않을까? 그러면 어떻게 방향을 잡아야 할까?

평생 길치로 고생했으면서도, 나는 아직도 길치에서 벗어날 길을 찾지 못하고 있다. 인생살이에서도 길치인 것이다.

인생의 길치들이 너무 많다

길치여서 목적지에 도달하는 데 시간을 좀 더 쓰는

건 그다지 심각하지 않다. 더 심각한 문제는 인생살이의 길치 아닐까? 자신의 인생길을 찾지 못하는 것, 그걸 인생 길치라고 부른다면 이는 매우 심각한 문제다. 평생을 시간낭비로 보낼 테니까.

인생을 살아가면서 제 길을 바로 찾아가는 것, 이것보다 더 중요한 일은 없다. 인생 길치여서 자행하는 시간 낭비는 무겁고 무섭다. 제 때에 제가 설 곳을 찾아내고, 목적지를 향하여 바른 길을 걷는 것이야말로 성공하는 인생의 지름길이다. 그런데 오랜 세월동안 학생들을 겪다보니, 인생의 길치들이 너무 많다.

많은 젊은이들이 제 갈 길을 가지 못한다. 어떨 때는 그 길이 바른 길이 아닌 줄 알면서도 에라 모르겠다면서 터벅터벅 아무 길이나 접어들고, 어떨 때는 어디로 가야할지 몰라서 주춤댄다. 청춘의 인생 길치들은 왜 자기의 길을 못 찾는 것일까?

교수 생활을 하면서 가장 안타깝게 여긴 것은 젊은이들이 목적지를 정하지 못하고 인생을 살아간다는 점이다. 목적지가 없으니 가야할 길도 없다. 저절로 길치가 될 수밖에. 인생 길치의 첫 번째 원인은 목적지를 분명하게 인식하지 못한다는 데 있다. 나는 어떤 삶을 살 것인지, 궁극적으로 어디에 가고 싶은지, 무엇을 위해 살 것인지, 그 답을 스스로 갖고 있지 못하다. 헤매는 인생길에서 벗어나기 어려운 것은 너무나 당연하다.

두 번째 원인은 편한 길만 찾기 때문이다. 내가 가야 할 목적지는 험한 산을 넘고, 사막을 가로 질러야 하는데, 그런 길을 걷기 싫다고 편한 길만 택한다. 그러다가 길을 잃는다. 그러면 목적지에 도달하기 어렵거나 시간이 많이 걸릴 수밖에 없다.

세 번째 원인은 목적지도 인지하고 있고 험한 길을 걸을 각오도 있는데, 어디로 가야할지 모르는 데 있다. 이런 사람들에게는 정말 친절한 인생 내비게이션이 필요하다. 왜 자기가 가야할 길을 찾지 못할까? 목적지가 정말 자기가 가고 싶은 곳이 아니어서 그럴 수도 있고, 자기도 몰래 편한 길을 걷고 싶어서 그럴 수도 있다. 그렇지 않다면 정말 길을 못 찾은 것이다. 이런 젊은이들에게는 이정표가 필요하다. 마음으로 자기를 믿고 자기 갈 길을 정하는 가이드 맵이 필요할지도 모르겠다.

'제 마음대로인 나'를 어떻게 잡아야 하나?

평소 일상생활 속에서 우리가 듣는 말 중에 제일 무서운 말이 무엇일까? 어느 지인은 마눌님께서 퉁명스럽게 말하는 "당신 마음대로 하세욧." 하는 소리가 세상에서 제일 무섭단다. 물론 농으로 하는 말이지만. 직장에 다니는 어느 제자는 자기 팀장이 "니 마음대로 하세요."라고 비꼬는 투로 말할 때란다. 우리 학생들은 어떨까? 아마 부모님이나 선생님께서 "야! 니 마음대로 해."라고 말씀하실 때가 아닐까? 너나없이 어려서부터 참 많이도 들어왔던 말이다.

부모님이나 교수님, 선배들로부터 듣는 "네 마음대로 해라."는 말이 왜 무서울까? 사실 이 말이 무서운 이유는, '마음대로 했다가는 망쳐버릴 것'이란 부정적 판단이 그 말 안에 담겨있기 때문이다. 일상에서 우리가 사용하는 '마음대로'라는 말은 이기적, 무절제, 반(反)상식, 이런 것과 비슷한 뜻을 담고 있기에, 그렇게 하지 말라고 경고하는 것이리라.

그렇다면 우리 '마음'이라는 놈이 무엇이기에 그렇게 부정적 인식의 대상이 되는 것일까? 왜 '마음대로' 하면 안 되는 것일까? 마음이라는 게 뭐기에 그런 요동을 치는 것일까? 이 의문을 풀려면 마음이란 놈을 잘 들여다봐야 할 것이지만, 그 마음이란 놈은 눈에 보이지 않으니 문제이다.

어쩌면 모든 사람의 공통된 로망은 마음대로 살아보기 아닐까? 누구로부터도 간섭받지 않고, 눈총 받지도 않고, 방해 받지도 않고, 그저 자기 마음 내키는 대로 살 수 있다면 얼마나 좋겠는가? 하지만 대부분 사람들은 마음대로 사는 것이 반사회적인 양태라고 여긴다.

내가 음치인 것은 소리를 내 마음대로 들어서이고, 내가 몸치인 것은 몸이 내 마음대로 움직여서고, 내가 길치인 것은 내 마음대로 방향을 잡아서이다. 인생의 길치들도 제 마음대로 살아가기 때문이라면, 그 '마음대로인 나'라는 놈이 제대로 된 마음대로 살게 해야 인생이 바르게 펴지지 않을까?

문제는 그 마음의 자리일 것이다. 우리는 맹자가 성

선설을 주장했고, 순자가 성악설을 주장했다는 사실은 잘 안다. 하지만 왜, 어떤 논리로 그렇게 주장했는지는 별로 관심들을 갖지 않는다. 두 사람의 견해가 영 반대인 듯하지만, 사실은 두 사람의 견해에는 큰 공통점이 있다. 두 분이 다 마음의 중요성을 강조 한다는 점이다. 그리고 마음을 찾으려면 먼저 자기를 찾아야 한다고 가르치고 있다.

'인간에게는 마음도 있고 몸도 있다. 둘 다 중요하지만, 인간 존재의 근원은 마음에 있다.'

이것이 두 철학의 출발점이다. 다 알다시피 맹자는 인간의 마음 끝자락이 원래 아름답다고 여긴다. 그 근거를 인의예지, 이른바 사단(仁義禮智)에서 찾았다. 우리는 원래 어질고, 정의로우며, 겸손하고, 앎을 중시한다는 것이다. 그게 우리 마음의 근본에 있으니 그것을 잘 보존하고 실행하면 아름다운 존재로 살아갈 것이라는 게 맹자 철학의 바탕이다. 순자는 그 마음을 잘 닦아야 쓸 만해진다고 보았다. 어쨌거나 수양은 본질적으로 필요하다. 원래 선하든, 악하든, 대장부가 되려면 마음을 수양해야 한다.

장자는 이렇게 노래했다.

"물이 맑으면 그 밝음은 터럭도 비추어 낼 수 있고, 그 잔잔함은 수평에 들어맞으니, 뛰어난 장인도 본받는 바이다. 물도 고요하면 밝아지게 되는 데, 하물며 정신은 어떠하겠는가! 성인(聖人)의 마음이 고요함이여! 천지의 거울(鑑)이요, 만물의 거울(鏡)이다."

원래 마음은 착한데 그 마음이 착한 그대로 가만히 머물러 있지 않고, 부정적인 쪽으로 변하기에 '마음대로'가 금기 대상이 되었다. 귀한 것을 보면 탐욕의 마음이 생기고, 감각이 뒤따라 혼란스러운 마음이 생긴다. 마음이 혼탁하게 물드는 데 시간이 걸리지 않는다. 순식간에 악행을 불러들인다. 이처럼 마음은 쉽게 변한다. 그래서 맹자는 '마음의 변하지 않음(不動心)'을 중시했다.

맹자의 주장대로, 원래의 마음대로 살면 참 착하고 아름답게 살지 않을까 싶다. 원래의 마음 자체가 근본적으로 인의예지를 최대한 발현하는 선한 자리에 있기에, 그냥 원래의 마음대로 살면 되는 것이다. 문제는 원래의 마음을 버리고, 개인의 이익과 탐욕과 쾌락, 나태 등에 빠져, 원래 제 마음을 잃어버리는 데에 있다. 그러므로 우리는 원래의 '마음대로' 살아감을 궁극의 인생 목표로 삼아야 한다. 그 원래의 선한 마음자리를 찾고 지킴이 그 길이리라.

그 길을 가려면 어떻게 해야 할까? 일단은 우리의 원래 마음자리가 선하고 아름답다는 가르침을 믿어봐야겠다. 그 다음에 우리가 살아가면서 스스로 탐욕과 기만으로 더럽힌, 그 원래의 마음을 되찾아 봐야겠다. 물론 어느 세월에 도달할 수 있을지 모를 까마득한 목표이다. 또 그 자체가 욕심이기도 하다.

그래도 내 마음인데, 내 마음 찾아서, 내 마음대로 살아보려고 한번쯤 마음먹는 건 괜찮지 않을까? 끊임없이 갈고 닦아야 가능한 일이겠지만, 먼저 그 자리에 가기 위한 지도라도 그려보면 좋지 않을까? '마음대로 살자'고 꿈이라도 꾸어보자.

나에게로 가는 길

본래의 마음 그 자체가 진정한 '나'라면, 이제 그 원래의 나에게로 돌아가야겠다. 문제는 그 길을 어떻게 찾느냐에 있지 싶다. 나도 그 길을 모른다. 다만 젊은 이들에게 작은 실천을 하나씩 해나가는 게 지름길이라 말하고 싶다.

아주 작은 것에서부터 나를 하나씩 찾아보자. 그래서 궁극적으로 내가 가야 할 목적지를 바로 잡고, 그 길을 향하여 용감하게 걸어보자.

평생을 속이면서 살았다

나의 아버님은 내가 교수가 되었을 때 이렇게 말씀하셨다. "농부와 교수는 남을 속이면서 살지 않아도 된다. 얼마나 좋은 직업이냐." 그런데 정년퇴임을 앞두고 돌아보니, 평생 속이기만 하고 살았다. 매 강의시간마다, 학생들 지도한답시고 만날 때마다, 그럴듯한 논리로 포장해서 나의 무지를 감추고 진실이 무엇인지 모르면서 이게 진실이라고 속이기만 했다. 부끄럽고 참담하다.

이제 그런 교수생활을 반성하고 정리할 때가 되었다. 우선 이 에세이집으로 반성과 정리를 시작해 볼까 한다. 제 마음대로 사느라 인생의 길을 찾지 못하는 젊은이들이 제대로 마음대로 살아보길 바라는 그런 바람으로 이 책을 내놓는다. 인생의 길치들에게 길안내를 해주고 싶었다.

하지만 마음대로 살자고 꿈꾸기엔 턱도 없이 모자라는 내용들이다. 앞에서 말한 대로 그냥 작은 실천 하나씩 해보자는 취지로 읽어주면 고맙겠다. 이 책에 담은 글들은 오랫동안 근무한 서경대학교의 〈서경대 신문〉에 주간칼럼이란 이름으로 실었던 칼럼들이다. 그 글들을 바탕으로 추리고 고쳐서 책을 내보기로 간신히 용기를 내어 본다.

그러기에 여기에 실은 글들 대부분은 청년들을 독자대상으로 여기고 썼다. 평소 하고 싶었던 말들을 제자들에게 들려주는 기분으로 썼기에, 거친 문장도 있겠고, 잘난 척한 부분도 있을 테고, 남의 말을 옮겨놓은 대목도 있을 것이다. 또 논란거리가 될 만한 꼭지도 있을 듯싶다. 다시 읽어보면 얼굴이 화끈거릴 정도로 뻔뻔스럽게 쓴 글도 있다. 모아놓고 보니 말 그대로 잡설들이다.

속이기만 한 교수 노릇을 반성하려 했는데, 반성은

커녕 그 속임에 하나를 더 얹는 기분이다. 다만 이 글들은 정말 내가 믿는 바를 적으려고 애썼음을 알아주면 고마울 따름이다. 모든 젊은이들이 '나에게로 가는 길'을 한번 생각하는 계기가 되었으면 한다.

아무럼 좋게 봐주기를, 이 책을 손에 잡은 여러분에 빌 뿐이다.

이제 정년퇴임을 눈앞에 두고 있다. 30년을 근무한 대학을 떠난다. 이 책이 그 세월의 결실이란 말은 전혀 아니다. 단지 책을 내면서 정년으로 정든 곳을 떠나는 소회를 담게 된다. 오랜 시간동안 사랑의 마음을 전해 주었던 서경대학교 국어국문학과 제자들이 있었기에 교수 생활이 보람 있었다. 함께 힘을 나누었던 동료 교수들에게도 고마움을 전한다. 행복했던 교수 생활이었다.

2018년, 새 잎이 한창인 남한산성을 바라보면서.

보우(普牛)

차례

02 예술로 삶을 만나다, 그리고 미래를 엿보다

03 내 삶을 들여보다, 그리고 문을 열다

영화로 세상을 보다,
그리고
마음을 읽다

01

내가 나를 관찰하기
- 영화 〈크루피어〉

케이블 영화 채널에서는 엄청난 필름들을 소비하고 있다. 밤새 틀어대는 영화들이 잠 못 이루는 이들의 긴긴 밤 시간을 채워주긴 하지만, 폭력물이나 에로물 일색인 그렇고 그런 작품들이 대부분이다. 선댄스 영화 채널은 그나마 볼만한 작품들이 제법 편성되는 편이다. 로버트 레드포드가 운영하는 선댄스 채널을 전송받아서, 세계 각국의 독립영화들을 선보이고 있다.

그 선댄스 채널에서 우연히 〈크루피어(Croupier, 마이크 호지스 감독, 크라이브 오웬 주연, 1998년)〉란 영화를 보게 되었는데 그 작품에서 흥미로운 발상을 볼 수 있었다. 주인공 잭은 작가지망생이다. 소설을 열심히 써서 출판사에 보내보지만, 출판사의 반응은 신통치 못하다. 출판사는 대중적이고 재미있는 소설을 원하지만, 잭은 자기만의 이야기를 쓰고 싶다.

잭이 취업하기를 바라는 아버지는 어느 카지노에 부탁하여 잭을 딜러로 일하게 만든다. 잭은 싫지만 어쩔 수 없이 카지노에서 일하게 된다. 카지노는 딜러에게 무척 엄격한 금지사항을 알려준다. 고객과 이야기를 나눠서도 안 되고, 고객과 사적 만남도 금지이며, 사내 연애도 안 된다. 그러나 이 도박의 세계에서 그런 룰이 먹혀들 리 없다. 잭은 취업하자마자 여러 비리와 부정, 사연들과 맞닥뜨린다. 그로서는 법을 어기는 일, 룰을 어기는 일은 결코 용납할 수 없다.

그런데 소설을 쓰고 싶은 주인공은 카지노의 뒷이야기가 정말 훌륭한 소재임을 발견하게 된다. 잭은 소설을 쓰기 위해서 해선 안 될 일을 감행하기 시작한다. 제일 먼저 그가 한 일은 소설의 주인공 이름을 정하는 것이다. 잭이라는 본명과 발음이 비슷한 제이크라는 작중 인물의 이름을 만든 뒤, 잭이 아니라 제이크로 행동하기 시작한다. 우여곡절 끝에 잭은 작가로 성공하게 되는데, 재미있는 발상이란 바로 두 사람으로 자신을 나누는 모습이다.

실제 세계의 잭은 불법을 싫어하고 두려워하는데, 스스로가 만들어낸 또 하나의 자신인 제이크는 조금도 거리낌 없이 뇌물을 받고 부정을 공모한다. 그런데 영화의 주인공은 소설을 쓰겠다는 목적이 있었기에, 실제인 나와 가상인 나를 스스로 분리하고 구분할 수 있었다. 즉 실제인 나(잭)가 가상인 나(제이크)의 행동과 생각을 바라보고 있었던 것이다. 그렇게 함으로써 실제인 나는 망가지지 않을 수 있었다. 거리를 두고 관찰하고 있었기 때문이다.

이 영화는 우리가 가진 도박성을 은근히 일깨워준다. 스스로 자신의 인생을 도박에 걸어보려 하는 유혹에 사로잡히곤 하는 게 사람이라는 것이다. 도박성이라 이름을 붙일 수 없다 하더라도 뭔가 중독증에 빠지려는 성향을 가진 어떤 존재가 우리 자신 안에 자리잡고 있지는 않을까 하는 생각을 하게 된다.

그러나 이 영화에서 발견하는 더 흥미로운 점은, 바

로 자신이 자신을 관찰한다는 것이다. 우리는 늘 '나'라는 존재 안에 또 하나의 '나'를 안고 살고 있다. 불법은 안 된다고 다짐하는 양심적인 영화의 주인공처럼, 상식적이고 윤리적인 삶을 지향하려는 '의식적인 나'와 그와는 달리 뭔가 비정상적이고 돌발적인, 혹은 중독적인 것에 빠져보려고 틈을 노리는 '충동적인 나'가 공존하고 있다. 우리도 그 또 하나의 나에게 이름을 붙여보자. 잭이 제이크라고 불렀듯이. 그리고 그 이름을 가진 또 하나의 나를 관찰할 수 있다면 어떨까? 어떤 모습을 우리는 보게 될까?

아마 끔찍할 수도 있을 테지만, 어쩌면 귀여울 수도 있을지 모르겠다. 그 또 하나의 나를 스스로 바라보고 있을 때에는 귀엽게 보이기도 한다. 스스로 관찰하고 지켜보고 있을 때, 그 또 하나의 나는 중독 충동이 강하더라도 중독증 증세만 보일 뿐, 더 멀리 나가지는 못한다. 내가 지켜보고 있기 때문이다. 문제가 발생하는 때는, 내가 스스로 또 하나의 나를 바라보지 못할 때, 스스로 잊고 있을 때, 혹은 스스로 방치하고 있을 때이다. 바로 그때 자신을 잃고 방황하며 스스로를 망치게 된다.

숱한 중독증이 증가하는 추세라고 한다. 마약이나 도박만을 의미하지는 않는다. 게임 중독, 폭력적 지향, 과도한 행동성, 자기고립 등 여러 정신질환적 증세들이 사실은 중독의 현상이라는 주장도 있다. 그것을 막는 방법은 스스로가 자신을 잘 지켜보는 방법뿐이다. 그렇게 하려면 자기를 바로 세우고, 자기를 믿어야 한다. 갈수록 자신에 대한 믿음이 중요해지고 있다.

놓여야 할 자리에 놓이지 못한 사람
- 영화 〈중앙역〉

중학교 교복, 오래된 돌침대, 유통기한 지난 우유, 말라 죽은 화분, 구워놓고 한 번도 보지 않은 영화CD, 때려치운 공무원 수험서, 토익 교재, 노랗게 빛바랜 소설책, 쓰지 않는 낚싯대, 아령, 고장 난 MP3플레이어, 유행 지난 청바지, 재작년 달력.

우리가 버리지 못하는 것들이란다. 이성아의 소설 〈버릴 수 없는 것들의 목록〉이란 작품이 실린 동명 작품집의 표지에 나열된 것들이다.

문화체육관광부와 한국도서관협회가 준비한 〈문학관, 도서관에 문학 작가 파견 사업〉이란 게 있었다. 실제로 작가를 파견 보내는 게 아니라 작가들의 작품을 전시할 수 있게 하겠다는, 즉 창작지원금을 주겠다는 그런 사업으로 보인다. 이런 사업이야 많을수록 좋지만 아무도 관심을 갖지 않으면 무용지물이니 나라도 관심이 있는 척이라도 해보자 하고 그 사업으로 출판한 책을 찾아보았다.

그런데 제목이 참 흥미로웠다. 버릴 수 없는 것들의 목록. 위에 열거한 항목들이 바로 그 '버릴 수 없는 것들'의 예시들이다. 이성아의 소설 〈버릴 수 없는 것들의 목록〉은 제목이 보여주는 것처럼 우리가 잃어버리고 있는 일상의 뒤편을 들여다보게 하지만 그다지 유머러스한 작품은 아니다. 오히려 씁쓸하고 아프게 다가오는 작품이다. 하지만 작품에서 보여주는 우리가 버리지 못하는 것들에 대한 단상들은 일상적이면서도 재미있다. 예를 하나만 들어보자.

"찌개, 이건 너무 적나라해서 마음까지 짜르르해진다. 몇 번 데워 먹던 찌개에 숟가락을 박으면서, 이번 한 번만 더 먹고 그만 버려야지 생각하게 되는 때 말이다. 그런 생각을, 먹고 있을 때 하면 너무 비참해진다. 음식물쓰레기통으로 들어갈 것이 내 입속으로 들어가고 있는 느낌이 들기 때문이다." 먹다 남은 찌개를 몇 번이나 데워 먹으면서 그래도 남으면 버려야지 결심하게 된다. 그래도 쉽게 버리지 못해 냉장고를 복잡하게 만드는 것이 찌개류이다.

버려야 한다고 마음을 다지면서도 쉽게 버리지 못하는 것들이 얼마나 많을까? 어쩌면 우리가 가장 하기 어려운 일이 무엇인가를 버려야 한다는 것 아닐까? 그중에서도 책을 버리는 일은 가장 어렵다. 무소유를 외친 법정 스님마저 책은 정말 버리기 어렵다고 하셨다. 하지만 아무리 좋은 책이라 하더라도 제 것이 아니고 제 자리에서 역할을 하지 못한다면 과감하게 버려야 한다.

그러나 버려져야 할 그 물건들의 입장에서 보자면 버림을 받는다는 것이 얼마나 서글플까? 물론 그 서글프다는 감정은 인간의 것이지만. 이성아는 작품에서 이렇게 말한다. "어딘가 놓여야 할 자리에 놓이지 못한 모든 것들은 그래서, 슬프다." 놓여야 할 자리에 놓이지 못하면, 그 물건의 값어치에 상관없이 버려야 할 것들의 목록에 들어가게 된다. 놓여야 할 자리에 놓이지 못하는 그 목록에 사람이 들어있다고 생각해 보자. 그러면 상황은 훨씬 무거워진다. 자신이 버리고 싶은 것이 애완견이라면 어떨까? 아마 엄청난 스트레스 속에서 고민을 오래 해야 할 것이다. 유기견이 많아져서 사회 문제가 된다고 시끄럽지만, 웬만큼 냉정하지 않으면 개라도 버리기 어렵다. 하물며 사람이야 오죽하겠는가?

그런데 실제로 우리는 물건보다 사람을 더 쉽게 버린다. 자기가 알게 모르게 사람을 내치고, 멀리하고, 왕따 시키고, 자기하고의 관계를 끊어버린다. 이성아의 소설에서는 그 대상이 주인공의 아버지다. 사업을 망하면서 집안의 모든 재산을 없애버린 아버지는 도박에 빠져 헤어 나오지 못한다. 딸에게 '배고프다. 10만원만 해 다오'라고 편지를 보내는 이 아버지, 그 10만원은 도박장에서 쓸 것이므로 돈을 보내줄 수 없는 딸에게 아버지는 제 자리에 놓여있지 않다. 그러므로 버려야 할 것들의 목록에 들어갈 테다. 하지만 딸은 아버지를 끝내 버릴 수 없다. 하지만 세상 사람들은 버려야 한다고 말한다. 과연 아무리 망가져 버렸다 하더라도, 가족을 버릴 수 있는 것일까?

브라질 영화 월터 살레스(Walter Salles) 감독의 〈중앙역〉은 학생들에게 꼭 한 번 보라고 권하는 작품이다. 대도시 리오 데 자네이로의 중앙역에서 땅끝 마을까지 이어지는 로드 무비이다. 도시와 시골을 대비시키면서 개발도상국이 잃어버린 것들을 보여준다. 도시 중앙역에 사기, 미움, 인신매매 같은 것들이 가득 차 있다면, 시골에서는 사랑, 믿음, 애정의 기호들을 목격하게 된다. 그런데 이 영화가 정작 문제 삼는 것은 잃어버린 아버지이다. 아버지는 증오의 대상이며 버려야 할 대상이다. 그러나 시골의 문화를 겪으면서 여주인공은 아버지에 대한 인식을 바꾸기 시작한다. 아버지라는 대상을 증오하는 것은 결국 자기 자신임을 자각하는 것이다. 증오하는 자가 자기 자신임을 알게 될 때, 아버지에 대한 애정도 되살아난다.

우리는 가장을 가장으로 인정하지 않는 상황을 주위에서 많이 보곤 한다. 가족으로서 인정하지 않는다면 결국 그것은 버리는 것과 같다. 물론 사람은 함부로 버려야 할 대상이 아니다. 결코 버릴 수 없는 것들의 목록 1호일 것이다. 그러나 현실은 그렇지 않다. 가장이 가장답지 못해서 내밀리듯이, 부장 자리에 있어야 할 사람이 그 자리에 있을 능력이 없다고 평가받으면 자신의 직장으로부터 버림받지 않는가. 하물며 대통령도 그러하다.

그렇다면 이제 우리가 스스로에게 일깨울 사실은 무엇인가? 스스로 버려야 할 대상이 되지 않도록 자기 가치를 만들어가는 것이다. 자신이 놓여야 할 자리에 엄연히 자리 잡고 있는 것이 그 방법이다. 스스로 자기다움과 인간다움, 자기 역할에 적합한 모습과 가치를 지켜야 한다.

장애인의 글쓰기
– 영화 〈야곱 신부의 편지〉

〈야곱 신부의 편지〉라는 영화가 있다. 2009년에 제작된 클라우스 해로 감독의 핀란드 영화다. 살인을 저질러 종신형을 받은 여자 주인공 레일라는 어느날 사면을 받는 대신 야곱 신부라는 분을 도와드리라는 법원의 명령을 받는다. 노년에 혼자 사는 야곱 신부는 눈이 먼 장애인이다. 레일라가 해야 할 일은 야곱 신부의 편지를 읽어주는 일이다. 누군가 보내는 편지를 읽고 따뜻하고 진지하게 답장을 함으로써 신부로서의 보람을 얻는 야곱 신부로서는 편지 읽는 일이 무엇보다 중요하다.

영화는 레일라가 살인을 저지르게 된 사연과 신부에게 보내어진 과정이 얽히면서 눈물겨운 결말을 이끌어낸다. 영상문학으로 봐야 할 이 작품은 영상이 어떻게 우리의 마음을 아름답게 치장하고, 우리의 상처를 치유하는지 보여준다.

그런데 이 영화에서 흥미로웠던 대목은 눈이 먼 야곱 신부가 성경 공부를 하게 된 과정이다. 눈이 멀어 글을 읽을 수 없으니, 야곱은 아무나 붙들고 성경을 읽어 달라고 했다. 한 줄 씩, 한 단락 씩. 듣고 또 듣고 외워서 성경 공부를 하고 신부가 되었다. 그렇게 성경을 가슴에 담은 야곱 신부도 대단하지만, 그에게 성경을 읽어준 주변의 사람들 또한 대단하다. 한 장애인으로 하여금 아름다운 영혼의 소지자가 되게 한 것이 주변의 책 읽어주기지만, 이는 단순한 도움이 아니라 그 장애인이 진정으로 원하는 것을 주었기 때문이다.

영화 〈야곱 신부의 편지〉가 지닌 아름다움은 장애인을 주인공으로 삼으면서, 도움 받아야 할 타자로서가 아니라 누군가를 위로하고 치유하는 주체로서 다룬다는 점이다. 그리고 보면 장애인을 그린 영화 작품은 꽤 많다. 〈말아톤〉, 〈오아시스〉 등 숱한 영화들을 쉽게 떠올릴 수 있다. 그러나 장애인을 주체로 삼은 문학작품은 그다지 많지 않다. 공지영의 〈도가니〉도 영화 〈도가니〉 덕에 세간에 많이 알려지고 읽혀졌다고 해도 과언이 아니다. 영화도 소중하지만 장애인이 스스로 자신의 삶과 감정을 표현하는 문학작품은 장애인의 주체의식을 강화하고 스스로 문제를 대면할 수 있는 도구라는 점에서 중요하다. 그래서 장애인의 문학에 사회의 관심이 더 증폭되어야 한다.

많은 사람들에게 알려지지 않았지만 꾸준히 장애인의 정서와 생각을 담아온 문학잡지가 있다. 1급 지체 장애자인 방귀희 씨가 주관해온 〈솟대문학〉이다. 어느 날 보도를 보니 〈솟대문학〉이 폐간된다고 한다. 1991년부터 25년간 이 장애인 문학잡지는 한 호도 거르지 않고 발행되어 이제 100호를 내게 되었는데, 보도에 따르면 한국문화예술위원회의 우수문예지 발간 지원 대상에서 탈락하게 될 처지가 되어 더 이상 발행이 어려워졌다고 한다. 우리나라 문학잡지의 사정으로 보자면 일반 문예지도 판매가 잘 이루어지지 않는 마당에 〈솟대문학〉 같은 특수한 잡지가 누군가의 지원 없이 독립하기란 불가능에 가깝다.

그동안 〈솟대문학〉은 많은 장애인 작가들이 글을 발표할 수 있는 지면을 제공하고, 작가 구상 씨가 기부한 2억 원을 토대로 장애인 작가를 대상으로 하는 '구상솟대문학상'을 운영하는 등 활발한 장애인 예술창달에 기여해왔다. 방귀희 씨가 인터뷰한 기사를 보면, 그녀는 〈솟대문학〉을 "세상 밖으로 나가지 못하지만 세상을 향한 외침을 글로 표현하며 자존감을 지키고 싶어 하던 사람들이 만든 것"이라고 표현했다.

야곱 신부가 홀로 방에 앉아서 비록 편지라는 형태지만 글을 통해 세상 사람들에게 구원의 메시지를 전함과 동시에 스스로 존재의 가치를 지켜왔듯이, 장애인들이 스스로 자기 이야기를 글로 표현하고, 그 글로써 세상과 소통하는 일은 더할 나위 없이 중요하다. 이제 그 중요한 소통의 매체가 사라진다고 하니 너무 아쉽다. 그러면서 복지 예산이 눈 먼 돈으로 취급받는 한편 과도한 복지 요구로 몸살을 앓고 있는 복지 대한민국이, 문화적 필요에는 왜 눈을 돌리지 않는지 안타까움을 느끼지 않을 수 없다.

'말하지 않음'의 웅변
– 영화 〈아리랑〉

〈불후의 명곡〉이란 TV프로그램을 보았더니, 경기민요 아리랑이 1926년에 만들어진 나운규의 영화 〈아리랑〉 주제가였다는 해설이 자막으로 나왔다. 그 자막을 보면서 언뜻 나운규의 〈아리랑〉은 무성영화인데 무슨 주제가가 있었을까 하는 의문이 들었다. 가만히 생각해보니 영화의 마지막 대목에서 감옥에 잡혀가는 주인공이 아리랑을 부르는 듯도 하다. 그렇다면 당시 극장 상영 때에는 그 장면에서 아리랑 노래를 변사가 불렀을까 하는 쓸데없는 궁금증이 생긴다.

자료를 찾아보니, 나운규가 편곡했다고 알려진 이

노래를 당시에 악대가 극장에서 연주했다고도 하고, 관객들이 합창을 했다고도 한다. 그러나 당시 극장에서 영화를 상영할 때 일본 경찰이 상주했다는 사실을 생각해보면 악대 연주나 관객 합창은 일회적인 현상이었을 것이고, 영화를 상영할 때마다 그런 퍼포먼스가 있었다고 보기는 어렵다. 어떤 형태로든 변사가 이 대목을 처리했을 듯하다.

옛 무성영화시대의 변사를 생각하다가 양진채의 장편소설 〈변사 기담〉을 떠올린다. 이 작품은 일제강점기, 인천을 배경으로 영화에 미친 변사 윤기담이란 인물에 관한 이야기를 정갈한 문장으로 들려준다.

소설가 윤후명은 이 작품의 소개글에서 '일찍이 못 보았던 소설을 보면 다시 삶을 일으킨다.'고 썼다. 그만큼 새로운 서사를 들려준다는 뜻이겠다. 변사의 삶을 소설의 화두로 올렸다는 것도 새롭지만, 변사의 삶을 통해 일제강점기의 현실과 풍경, 애환과 전통을 되새기게 한다는 점에서 그렇게 평가 받을 만큼 가치를 지닌 작품이다. 특히 인천이란 도시의 역사를 서사의 축에 둠으로써 현실감을 높인 작품이기도 하다.

작품은 제물포구락부, 인천상륙작전 월미도, 조계지, 미두장 등 일제강점기 인천의 공간을 디테일하게 재생하면서 그 안에 펼쳐지는 애관극장 변사 기담과 해월관 기녀 묘화의 운명적인 사랑을 그려나가고 있다. 그러나 실제로 이야기를 끌어가는 것은 영화 자체의 속성과 영화가 이야기해야 하는 현실의 기구함이다. 소설 작품 읽기를 권하기 위해 작품의 내용을 구체적으로 기술하지는 않기로 하자. 다만 여기서 말하고 싶은 것은 '소리의 힘'이다.

　작품 안에서 변사인 기담은 어느 날 채플린의 무성영화 〈황금광〉을 보고 큰 충격에 빠진다. 〈황금광〉을 상영하면서 변사인 자신이 무슨 연행을 할 수 있을 것인가? 그는 찰리 채플린의 무표정을 변사의 목소리로 표현할 수 없음을 깨닫는다. 채플린의 영화에서 소리는 아무 소용이 없는 것이었다. 아니 소리를 입히는 순간 그 영화의 무게가 허물어질지 모를 일이다. 소리를 통해 많은 사람들을 웃기고 울리는 인기 변사가 소리의 힘이 지닌 무기력을 느끼는 순간이었다.

　때로는 적막과 침묵, 고요가 더 큰 웅변이기도 하다.

작품 안에서 주인공 기담은 변사인 자신이 소리의 조롱에 갇힌 새와 같다고 느낀다. 그림의 여백이 많은 말을 전하듯이 '말없음'도 많은 이야기를 전할 수 있다. 모든 것을(배우의 대사뿐만 아니라 표정, 행동, 분위기조차도) 목소리로 전달하고, 그 목소리로 관객의 감정을 이입시키려 애써왔다. 그리고 그 일에 천부적 재능을 지녔다고 자부심을 가졌다. 그런데 소리 없음이 지닌 힘의 강렬함을 뒤늦게야 느낀다.

기담은 독립운동 단체의 선동활동에 가담했다가 일본 경찰에 의해 혀를 잘리게 된다. 그 후로 말을 하지 않는다. 소리를 잃은 변사, 그에게 남은 것은 무엇일까? 사랑하는 사람도 떠나보내고 외롭게 살아가는 그에게 남은 것은 아무 것도 없어 보인다. 그러나 그가 한때 목숨을 다해 사랑했던 어느 여인과 영화에 대한 정열은 역사로 남는다. 작품에서는 증손자가 증조할아버지가 변사로 일하는 장면의 필름과 연행을 복원함으로써 그 역사적 보존의 의미를 상징화한다.

'말하지 않음'과 '다 말해 버림' 사이에서 변사 기담은 고뇌한다. 우리의 삶에서도 이런 고민은 유효하다.

소리 없이 전하는 내면의 진실과 표현해야 전해지는 진실 사이에서. 우리는 말로 표현해야 비로소 모든 것이 분명해진다고들 여긴다. 사랑의 고백도. 그러나 말하지 않는 것의 메시지 또한 강한 힘을 지님을 느끼게 된다. 우리는 너무 말과 소리에 의존하면서 살아가고 있지는 않은지, 하는 생각도 하게 된다. 우리가 내뱉는 말의 대부분이 별 가치가 없어도 괜찮지만, 말 없음의 가치를 무시하지는 말아야겠다.

변사가 노래하지 못한 〈아리랑〉은 어떤 말보다 더 큰 소리로 우리의 자긍심을 살려준다. 그 〈아리랑〉의 문화적 힘을 우리는 곱게 살려내어야 할 것이다.

가장 아름다운 시간

– 영화 〈내 생애 가장 아름다운 일주일〉

    나의 일생 중 가장 아름다운 시간은 언제일까? 맛
있는 음식을 먹을 때일까, 황홀한 풍경을 보았을 때일
까, 원하는 목표를 이루었을 때일까? 어떤 시인은 인
도를 여행하면서 장엄한 생각의 깊이를 느낄 수 있었
다고 한다. 그러면서 나의 시간 중 가장 아름다운 시
간에 임함을 느낀다고 노래했다. 또 어떤 이는 어디를
여행하느냐가 중요한 게 아니라 누구와 함께인가가 중
요하다 역설하면서, 처음으로 가족들과 북유럽을 여
행하면서 자신의 옆에 누군가가 늘 함께함을 감사하
게 여겼기에 그 여행 내내 정말 아름다운 시간을 보낸

다고 느꼈다 한다. 어느 교수는 산티아고를 혼자 걸으면서 자신을 비로소 내면에서 발견할 수 있었기에 그 여행이 가장 아름다운 시간이었다고 고백했다.

인터넷에 떠도는 글을 한 편 보았더니, 가장 아름다운 시간은 사랑하는 시간이라 적혀있었다. 그 문장이 그렇게도 좋았는지 많은 사람들이 마구 퍼 날라서 그 글을 하루에도 여러 차례 받아보기도 했다. 사랑하는 시간이란 무엇일까? 자신이 누군가를 사랑함을 느끼는 시간일까, 아니면 사랑받고 있음을 느끼는 시간일까? 또는 서로 사랑하고 있음을 교감하는 시간일까? 사랑은 특별한 순간이 아니라, 일상에서 늘 함께하는 것이어야 한다면, 우리의 하루하루 모든 시간이 아름다워야 하지는 않을까? 어찌 생각하면 '가장 아름다운 시간은 사랑하는 시간'이란 말이 낭만적으로 보이지만, 곰곰이 생각해보면 지나치게 관념적이라는 생각도 든다.

아름다운 시간이 언제일까를 생각해보다 보니, 오래 전에 읽었던 단편소설 한 편(제목이 떠오르지 않는다)이 떠오른다. 주인공은 국회의원으로서 자신이 얻고자 했던 권력, 돈, 명예를 거머쥐었다. 그런데 그만 암에 걸렸다. 의사는 앞으로 세 달 정도밖에 살 수 없다고 사형선고를 내렸다. 이제 이 주인공이 선택할 수 있는 것은 무엇일까? 그는 그동안 출세하기 위해 저질렀던 악행을 되돌아본다. 자신을 위해 희생했던 옛 연인을 버리고 부잣집 딸을 얻었다. 친구들을 속이고 많은 사람들에게 폭력을 휘둘렀다. 권력을 얻기 위해 경쟁자를 무고하고 음해했다. 주인공은 고향으로 내려간다. 3개월 동안 자신으로부터 배신당하고 희생당한 이들을 찾아다니면서 잘못을 고백하고 용서를 빌었다. 그리고 죽었다. 죽은 후 그의 아내가 주인공에게 편지를 보낸다. 남편인 주인공이 잘못을 고백하고 용서를 빌었던 그 죽기 전 사흘이 자신에게 가장 아름다운 시간이었다고. 온갖 부귀영화를 누리던 그녀의 일생에서 그 사흘의 시간이 가장 행복했다고. 이 작품은 인생의 가장 아름다운 시간이 인간의 본성으로 돌아갈 때라고 말하고 있다.

민규동 감독의 영화 〈내 생애 가장 아름다운 일주일〉은 옴니버스 형식으로 여러 형태의 사랑 이야기를 보여준다. 일주일이란 한정된 시간 안에 다중스토리 구조를 집어넣은 이 작품은 우리 인생에서 가장 아름다운 것이 사랑이지만, 그 사랑이란 또 얼마나 슬픈 것인지를 동시에 보여주기도 한다. 중장년층들에게 물어보면 남녀를 불문하고 대부분의 사람들이 19, 20살의 시기가 자신이 살아온 시간 중 가장 아름다운 시간이었다고 답한다고 한다.

그 시절이 가장 화려하고 탄력적이어서 그렇게 생각하는 것일까? 그러나 지나가고 난 뒤에 뒤돌아보며 느끼는 아름다움은 허무할 수도 있다. 거기에는 회한과 후회가 곁들여있기에 더욱 그렇다.

이제 막 대학의 문턱에 들어선 대학의 새내기들을 생각해보자. 그들은 이제 성인으로서 자신의 삶을 스스로 살아갈 수 있는 출입구에 들어섰다. 자유롭게 자기의 의사를 결정하고 행동할 수 있다. 무엇보다 무한한 가능성을 안고 새 길로 나섰다. 그들은 이제 엄청난 인생의 여행을 시작하고 있다. 이 여행길에서 가장 아름다운 시간을 가지려면 어찌해야 할까? 누구보다 푸르고 싱싱한 사랑을 열 수 있다. 그런데 그 아름다운 시간을 자신이 맞았음을 자각하는 청춘들은 별로 없어 보인다. 또 자기 인생에서 가장 아름다운 시간을 맞아서 아름다운 사랑을 맺으려면 어찌해야 할지 알지 못하고 시간을 보내버린다.

여행길에서 아름다운 시간을 가짐은 혼자서 여는 것이 아니다. 누군가와 함께(그것이 자기의 또 다른 분신일지라도)일 때 여행하는 시간이 아름다워진다. 사랑하는 일도 마찬가지이고, 자신을 반성할 때도 마찬가지다. 그 안에는 갈등과 불안, 피곤과 혼란이 녹아있다. 그런 것들을 잘 녹여내면서 극복하고 자기를 찾을 때 가능해진다. 청년들은 꿈과 희망을 안고 자신의 길을 나서지만, 그 안에 혼란과 불안, 갈등이 숨어있다. 그런 부정적 요소들을 잘 극복하고 그 또한 자신의 일부로 인정하면서, 누군가와 함께 하면서 교감을 가질 때, 그들의 시간이 일생 중 가장 아름다운 시간으로 꽃피울 수 있음을 강조하고 싶다.

과거는 언제나 허상이다
– 영화 〈욕망이라는 이름의 전차〉

　몇 년 전 영화의 도시 부산에 '영화의 전당'이 세워졌다. 개관 기념 영화로 엘리아 카잔(Elia Kazan) 감독이 1951년에 만든 〈욕망이라는 이름의 전차(A Streetcar Named Desire)〉가 상영되었다. 이 작품은 1947년 미국의 저명한 극작가 테너시 윌리엄스가 쓴 희곡 작품을 각색한 것이다. 테너시 윌리엄스의 희곡은 당시 상당한 영향력을 미국인들에게 끼친 점을 인정받아 1948년 퓰리처상을 받기도 했다. 첫 연극은 역시 엘리아 카잔(Elia Kazan)이 연출하여 뉴욕 브로드웨이에서 올려서 공연되었는데, 1947년 12월부터 1949년 12월까지 2년이나 계속되었다 한다. 그만큼 미국인들의 사랑을 받은 작품이다. 물론 블랜도와 비비안 리가 출연한 이 영화 역시 연극만큼이나 상당한 관심을 끌었다.

작품의 줄거리를 대략적으로 요약하자면 이렇다.

'미국의 남부, 블랑쉐 드보아(Blanche Dubois)가 하얀 드레스를 우아하게 입은 채 큰 여행 가방을 끌면서 여동생 스텔라 코왈스키(Stella Kowalski)의 집으로 예고 없이 찾아온다. 블랑쉐는 미국 남부, 거대한 농장 지주의 딸이었다. 그러나 아버지가 죽은 이후 사치와 방탕으로 땅을 다 날리고 몰락하였다. 남편의 충격적인 죽음을 겪자 정신적으로 황폐화되어 남자들의 욕정을 채워주며 하루하루를 버틴 상태이다. 더 이상 갈 데가 없어지자 시집간 여동생을 찾아온 것이다.

그러나 스텔라의 환경도 그다지 좋지 못하다. 루이지에나 주의 뉴올리언즈에서 폴란드 출신 스탠리 코왈스키와 결혼한 스텔라는 남편의 도박과 폭력으로 고통 받으며 가난에 시달리고 있다. 게다가 스탠리는 임신한 상태이다.

블랑쉐는 남부 귀족의 환상에서 벗어나지 못하여,

그녀의 과거를 숨긴 채 우아하고 순결한 귀족처럼 행동한다. 속으로는 한없이 세속적이면서 겉으로는 우아함을 내세우는 이중성을 동생의 남편 스탠리는 눈치 채고, 스탠리와 블랑쉐 사이에 갈등이 증폭된다.

스탠리의 친구 밋치(Mitch)는 블랑쉐의 위장에 속아 그녀와 결혼하려 하고, 블랑쉐도 그와의 결혼으로 꽉 막힌 현실에서 탈출하려 한다. 그러나 스탠리가 친구 밋치에게 그녀의 무분별했던 과거와 위장된 현실을 폭로함으로써 둘의 결혼은 무산되고, 이에 두 사람 사이의 갈등은 최고조에 이른다. 스텔라가 아이를 낳으러 가며 블랑쉐와 스탠리가 둘만 집에 남게 되었을 때 난폭한 스탠리가 블랑쉐의 가식을 혐오하며 겁탈하려 하고, 이에 블랑쉐는 정신적인 충격을 받아 정신병원에 입원하게 된다.'

이 희곡은 인간의 이중성을 폭로하면서도 인간의 욕망이 얼마나 질긴 놈인지를 강변하고 있다. 블랑쉐는 미국 남부 귀족의 양면성을 잘 드러내는 전형적 인물이다. 겉으로는 순결을 상징하는 흰색 옷으로 덮고 있지만, 내면에는 욕망의 찌꺼기를 씻어내지 못하고 있다. 그런데 이런 여주인공의 내면에는 과거에 대한 집착이 강하게 잡혀 있다.

블랑쉐의 현재는 비참할 정도이다. 당장 잠잘 곳 하나 없어서 어려운 동생의 집에 기생해야 할 처지이다. 그런데도 그녀는 자신의 화려했던 과거에서 자유롭지 못하다. 사실 그녀가 가진 욕망이란 생리적이거나 원색적인 것이라기보다는 과거의 기억에 대한 중독성에 가깝다. 그녀는 비참한 현실에서도 과거의 달콤한 기억에 빠져 헤어 나오지 못하는 것이다.

과거란 늘 허상이다. 과거는 지나간 시간이며, 지금 우리의 삶에 있어서 아무런 작동도 하지 못하는 것이다. 그럼에도 우리는 자기 과거에 최면이 걸려있거나, 과거의 환상에서 벗어나지 못하는 경우가 있다. 자신이 어렸을 때 어떻게 자랐든, 얼마나 똑똑했든, 얼마나 많은 사람의 사랑을 받았든, 그 모든 것은 지나간 허상일 뿐이다. 물론 과거의 아름다운 기억은 잘 간직해야 하고, 과거의 쓰라린 경험은 약으로 보존해야 한다. 하지만 과거를 되씹거나 과거에 안주하는 것은 현실을 잃어버리는 첩경이 된다.

예전에 자신이 가졌던 꿈은 지금 자신의 것이 아니다. 예전에 자신이 가졌던 자신감도 지금의 자기 것이 아니다. 예전에 자신이 가졌던 타인의 관심도 지금의 자기 것이 아니다. 지금 자기 것은 바로 자기가 심고 있는 것, 지금 자신이 가꾸고 있는 것, 지금 자신이 물 주고 있는 것, 지금 자신이 힘을 쏟고 있는 것일 뿐이다. 그런 것들이 무엇인지 자꾸 확인하면서 그 노력들에 더 힘을 쏟는 것이 현명하다.

과거는 과거일 뿐이고, 현재의 자신에 충실한 것이 바로 욕망의 노예가 되지 않는 길이기도 하다. 지금 우리 사회는 〈욕망이란 이름의 전차〉가 첫 공연되었던 미국 사회보다 더 사회적 갈등이 큰 상태이다. 이런 때일수록 우리는 과거를 떨쳐내고 현재를 잘 가꾸는 지혜를 빨리 찾아야 할 것이다.

변화를 두려워하지 않는 용기
– 영화 〈제리 맥과이어〉

　　카메론 크로우(Cameron Bruce Crowe)감독의 〈제리 맥과이어〉는 영화가 출시된 지 20년이 넘었지만 늘 볼 때마다 새로운 용기를 불러일으키는 작품이다. 주인공 제리 맥과이어는 프로스포츠 에이전시인데, 운동선수를 돈으로만 여기는 에이전시 풍토에 염증을 느끼고 새로운 관계를 맺자는 제안서를 동료들에게 돌린다. 옳은 말을 했지만 돈의 논리에 침식된 현실을 바꾸기는 어렵다. 자신이 회사를 떠날 수밖에 없었다. 그는 쓸쓸히 회사를 떠나 혼자서 에이전시 회사를 어렵사리 운영하게 된다. 영화는 그 이후부터 로맨스로 줄기를 넘기고, 누군가 옆에서 함께 하는 한 사람의 동반자가 얼마나 중요한지를 주제로 표출하는 것으로 마무리된다.

그런데 이 영화를 보면서 늘 새로움을 느끼는 이유에는, 영화 중간 곳곳에 배치한 격언들이나 대사들이 주는 흥미로움도 있지만, 무엇보다 초반에 보여준 주인공의 용기를 보는 즐거움 때문이다. 그 용기는 고착된 현실에 만족하지 않고 새로운 미래를 열기 위한 도전이다. 순간적으로 그는 자신이 제안서를 써서 돌린 선택을 후회하지만, 결국 그가 옳았음을 인간애와 사랑의 승리를 통해 보여준다.

오스트리아의 심리학자 아들러는 인간의 행동은 자신이 선택하는 것이라고 한다. 예를 들어 나는 수영을 하지 못한다고 가정하자. 어릴 때 훈련 중이던 수영 선수 한 명이 물속에서 사고로 사망한 일을 목격한 적이 있어서, 수영은 두려운 것이라고 여기기 때문이다. 흔히 말하는 트라우마 현상이다. 그러나 아들러는 그렇게 보지 않았다. 아들러의 견해로는, 자신이 수영하기 싫거나, 수영하는 게 자신이 없어서 어릴 때 목격한 사건에 핑계를 댄다는 것이다. 즉 자신의 목적을 위해 사고 목격 경험을 선택적으로 받아들일 뿐이라는 것이다. 이를 목적론이라 한다.

목적론적 견해에 대해 찬반 논란이 많지만, 한 번쯤 귀담아 들을 만한 대목이 있다. 트라우마란 어쩔 수 없는 심리현상이란 의미가 강해서 거기에서 자신이 스스로 빠져나오기가 힘들다. 자신에게 생긴 두려움과 어려움, 불안을 다 트라우마로 취급해버리면 언제나 그 자리에서 허덕이게 마련이다. 그 대신 자신의 잘못은 아니라고 위안을 받는다.

그러나 이를 자신의 선택 문제로 여기면 문제가 달라진다. 자신의 부담이 늘지만, 그 굴레에서 스스로 빠져나올 가능성이 열린다. 수영을 하지 못함을 트라우마로 여기면 수영 하기는 평생 어려워진다. 굳이 수영을 하지 않아도 먹고 사는 데 큰 지장이 없다면 그냥 그렇게 살아가고 말면 그 뿐이다. 그러나 자신이 선택한 것으로 생각하면 스스로 선택을 바꾸어 변화를 추구하려는 용기를 낼 수 있다. 수영에 도전할 가능성이 열린다. 그 용기가 자신의 삶을 더 풍부하게 만들어줄 수 있다.

이런 예는 삶의 모든 일에 다 적용될 수 있다. 얼마나 풍부하게 자기를 성장시켜 갈 것인가를 생각해본다면, 수영을 하지 않고도 얼마든지 일상생활을 꾸리는데 지장이 없지만, 멋진 호텔 수영장이나 해변에서 수영을 즐길 수 있다면, 삶의 즐거움을 누릴 가능성이 더 많아질 게 틀림없다.

불안에 대항하면서 미래를 변화시켜 갈 것인가, 변화가 두려워 불안을 안고 살아갈 것인가? 이것이 바로 우리가 선택할 문제이다. 즉 변화를 위해 자신의 불안과 싸울 것인가, 아니면 불안을 피하기 위해 변화를 포기할 것인가? 어떤 쪽이 자기 삶을 혹은 자기 미래를 더 살찌울지는 명백하다. 자기의 변화를 위해 두려움과 불안함, 귀찮음과 마주 대하여 싸우는 일이 바로 성인이 되는 첫 관문에 놓인 과제이다.

제리 맥과이어가 보여 주었던 변화를 두려워하지 않는 용기, 그것이야말로 우리 시대에 자기를 혁신시키고 자기를 정립하여 시대적 리더로 성장하는 첫 번째 길이다. 누가 시켜서가 아니라 자기 스스로 자기 삶을 만들어가고, 스스로 만들어 놓은 핑계거리에서 벗어나 스스로 자기 길을 개척하기 위한 첫 걸음이다. 그 용기를 가지려면 먼저 자기를 냉정하게 돌아보아야 한다. 스스로 만들어놓은 트라우마는 없는가, 스스로 선택해서 자기 자신에게 씌어놓은 올가미는 없는가, 열등감이란 이름으로 자기를 묶어놓은 끈은 없는가를 살펴보아야 한다. 그 올가미를 풀어내고 자기의 정신과 마음을 자유롭게 만들 수 있는 사람은 자기 자신뿐이다.

반성은 과거가 아니라 미래를 향하는 것 - 영화 〈약속〉

내가 대학생들에게 교훈을 주기 위해서 보여주기 좋아하는 영화들이 몇 편 있다. 김유진 감독의 〈약속〉도 그 중에 속한다. 영화 자체는 처음 상영된 1998년 당시의 기준으로 보면 꽤 흥행에 성공했지만 비평가들로부터 신파극이라고 비판을 듣기도 했다. 그러나 영화 전체의 주제는 많은 생각을 하게 한다. 시나리오 창작법 시간에 이 작품의 대사를 예로 들어주는 경우가 많을 정도로 만만치 않은 대사들도 만날 수 있는 작품이다.

이 영화는 의사인 여주인공과 조폭 두목의 사랑 이

야기를 제재로 삼았다. 두 사람의 만남, 사랑, 이별의 경로를 따라 이야기가 흐르는데, 살인을 저지른 남자 주인공이 자수를 하러 가는 것으로 그 사랑은 슬픈 결말을 맺는다. 자수를 하지 않으면 대신 죄를 뒤집어 쓴 부하가 사형을 당할 판이다. 그러나 자수를 하려는 남자를 여자는 안 된다고, 당신이 없으면 나도 못 산다고, 막무가내 자수를 하러 가지 못하게 막으려 든다. 이때 남자 주인공의 대사가 혹 나의 뒤통수를 쳤다. "죄가 깊으면 은혜도 깊다." 성경에 있는 말씀이라면서 남자가 여자를 설득하기 위해 한 말이다. 이 말을 듣고 여자는 남자를 보내기로 하면서, 성당으로 데려가 결혼식을 올린다. 곧 사형을 당할 사람과 결혼식을 올리다니.

작품의 제목이 '약속'임을 떠올린다면, 이 결혼은 곧 두 사람의 약속이다. 먼 미래, 사후의 세계에나 이루어질 그런 깨끗한 사랑을 위한 약속.

그런데 그 대사, "죄가 깊으면 은혜도 깊다"는 말씀은 무슨 뜻일까? 오랜 생각 끝에 혼자서 멋대로 이런 결론을 내렸다. 은혜는 회개하는 자에게 주신다는 것,

그런데 우리는 작은 잘못은 사소하니까 회개하지 않는다. 큰 잘못을 저지르면 비로소 죄의식을 느끼고 회개할 마음을 갖는다. 그러니까 큰 죄를 지어야 크게 회개하고 은혜를 받을 가능성이 커진다. 결국 이 영화는 죄 지음과 회개의 관계를 통해 미래를 위한 약속으로 우리를 이끈다.

　모 분유업체 직원이 대리점 사장에게 폭언한 사건이 발생해 사회적 문제가 된 적이 있다. 결국 그 기업 사장단의 대국민 사과로 이어졌다. 큰 기업의 사장단이 나란히 서서 머리를 수그리는 장면을 TV 카메라 앞에서 연출했지만, 대리점을 운영하는 이들은 이 사과를 진정성이 없다면서 받아들이지 않았다. 기업의 최고경영자인 회장이 나타나지 않았기 때문이란다. 그러나 정말 대리점을 운영하는 사람들이나 일반 대중들이 그 기업의 사과 행위를 진정한 것으로 받아들이지 않았던 이유는, 회장이 나타나지 않았기 때문이 아니라, 기업 측에서 앞으로 갑의 횡포를 시정하기 위해 어떠한 조치를 취할 것인지에 대한 개선방안을 제시하지 않았기 때문이다.

포항제철의 모 이사가 항공기 승무원에게 폭행, 폭언을 퍼부은 사건이 있었다. 역시 기업 측의 사과문 발표로 마무리되었다. 물론 당사자를 직위에서 쫓아내기도 했지만, 그런 인사 조치는 기업 차원의 방어 조치이지, 폭행을 당한 승무원이나 이 사건으로 상처를 입거나 불쾌감을 느낀 사람들을 위한 조치는 아니다. 근본적으로 문제의 본질을 밝히고, 이런 일이 다시 일어나지 않도록 어떤 노력을 할 것인지 밝히지 않는다면 진정한 반성도 사과도 행하지 않은 것이다.

대한항공의 땅콩 회항 사건도 마찬가지이다. 문제를 일으킨 재벌가의 딸들이 또 언론에 오르내리는 것을 보면 같은 잘못이 되풀이됨을 확인할 수 있다. 사회적 물의를 일으킬 사건이 터지면 해당 기업이나 단체 조직은 사과하는 것으로 일을 일단락 지으려고 한다. 사과는 소나기를 잠시 피할 일회용 비닐우산이 아니다. 우리는 정치권에서 툭하면 사과하라고 요구하는 소리를 듣는다. 여당과 야당은 자신에게 유리할만한 일만 생기면 상대방에게 사과하라고 윽박지른다. 자신들의 과오에 대해서는 사과하지 않으면서 상대방의 과실에 대해서는 집요하게 파고든다. 그래야 자기들에게 표가 돌아온다는 계산 때문이다.

미투 운동으로 성폭행, 추행 고발이 이어지자 해당 가해자들은 너도나도 사과한다며 머리를 숙인다. 그런데 모두 다 진정성을 지닌 것으로 보이지 않는다. 정치권도 기업인들도, 혹은 연예인들도 사과하는 일을 너무 쉽게 생각하는 듯하다. 재벌 기업들의 사과에도, 성폭행 가해자들의 사과에도, 일단 면죄부를 받으려는 꼼수가 너무 빤히 보인다. 당장의 곤혹스러움을 넘기려는 정치적 술수이다.

사과는 반성을 전제로 하는 행위이다. 반성하지 않은 채로 사과하겠다고 함은 진정한 마음의 움직임이 아니라 머리로 계산하여 벌이는 정치적 행위일 뿐이다. 그리고 반성이란 후회와 다르다. 반성과 후회 모두 지나간 일에 대한 생각과 느낌을 의미하지만, 후회가 지나간 일의 잘못에 대한 감정적 반응에 불과하다면 반성은 지나간 일의 잘못에 대해 그것을 비판하는 성찰의 행위이다. 그래서 반성은 지나간 잘못을 또다시 저지르지 않기 위해 앞으로 어떻게 할 것인지를 생각함을 전제로 한다. 말하자면 후회가 과거지향적인 것이라면 반성은 미래지향적인 것이다. 흔히 우리가 종교를 통해 자주 듣는 회개, 참회 역시 마찬가지다.

사과가 반성을 바탕 삼는 것이라면, 사과는 반드시 앞으로 같은 잘못을 저지르지 않기 위해 어떻게 할 것인지를 밝혀야 진정한 의미를 갖게 된다. 이는 정부나 기업이나 개인이나 다 마찬가지다. 우리는 앞으로 어떤 잘못을 저질렀을 때, 앞으로 그런 잘못을 되풀이하지 않게 어떻게 할 것인지를 생각하고 앞으로 무엇을 할지를 구체적으로 밝히는 것이, 진정성을 지닌 반성과 사과임을 깊이 새겨야 한다. 진정한 반성, 회개, 참회는 미래를 향한 '약속'이다. 그래서 진정한 반성은 자신을 거듭나게 한다.

스마트폰에 빼앗긴 인간다움
- 영화 〈싸이보그지만 괜찮아〉

박찬욱 감독의 영화 〈싸이보그지만 괜찮아〉에서는 사람이면서 스스로 사이버보그라고 여기는 주인공이 등장한다. 사이버보그는 밥을 먹을 수 없으므로 자신도 굶는 등, 영화 속의 주인공은 망상에 빠져 있다. 물론 단지 영화적인 재미를 추구하기 위한 것일 뿐이다. 그러나 가만히 생각해보면 자신을 인조인간으로 착각하는 망상이 만화나 영화의 가상 소재로만 그칠 게 아닌 듯도 싶다. 인간이 편리하게 살기 위해 만드는 게 기계인데, 어느새 인간 스스로 자신이 만든 기계의 노예가 되는, 그러한 정체성 혼란은 바로 눈앞에 닥친 문제로 떠오르지 않을까 싶다.

얼마 전 영국의 TV 방송국 채널4에서는 신체의 70%가 인공장기로 구성된 사이버보그 '바이오닉 맨'을 출연시켰다고 한다. 물론 프로그램을 위해 만들어 낸 로봇이다. 그러나 이전 로봇과 달리 바이오닉 맨은 인간의 피부와 얼굴 모양, 시각을 인식할 수 있는 인공망막, 소리를 인식할 수 있는 인공고막 등을 장착했다고 한다. 실제 인간과 거의 비슷한 기능을 수행할 수 있는 장기를 가졌다는 점에서 로봇 기술의 신기원을 이뤘다고 할 만하다.

이쯤 되면 〈600만불의 사나이〉, 〈원더우먼〉 등, 오래 전 미국의 TV드라마에서나 보던 가상의 세계가 상당 수준 현실화되는 것이 아닌가 싶다. '바이오닉 맨'은 심지어 인공혈액, 인공심장 등까지 장착했다고 한다. 오래 전 상상 속에서나 꿈꾸었던 일이 상당 수준 실제 상황으로 옮아오고 있는 것이다.

하지만 사이버보그 '바이오닉 맨'에게는 인간이 되지 못할 두 가지 한계가 있다고 한다. 하나는 소화기 계통의 장기를 얻지 못했다는 점이다. 식도를 비롯하여 소화기능을 담당할 위장과 대장 등은 아직 인공장기가 불가능하다. 물론 간이나 폐 등 정말 중요한 장기도 아직 만들지 못한다. 그보다 더 결정적인 것은, 역시 두뇌를 만들 수 없다는 점이다. 이 두 가지 한계가 사이버보그의 한계라고 과학자들은 인식한다.

인공두뇌가 불가능하다면 생각하는 능력을 가진 로봇은 불가능하고, 한 단계 더 나아가면 자율적인 언어능력을 구비하기도 불가능할 것이다. 물론 '바이오닉 맨'은 아주 단순한 대화 능력을 발휘한다고 하지만, 그것은 미리 설정된 기계 장치일 뿐이다. '바이오닉 맨'이 최소한의 채팅 능력을 수행한다고는 하지만 그것은 기계적 음에 의존하는 것일 뿐, 창의적이고 감성적인 언어수행은 불가능하다.

그렇다면 '바이오닉 맨'의 놀라운 모습에도 불구하고 인간다움은 1%도 구비하지 못했다 할 수 있다. 생각하고 말하고, 이야기를 통해 사회생활을 유지하는 인간으로서의 복잡한 감정과 정서작용을 이해하고 느끼지 못할 바에야, 아무리 인간의 모습을 본 따서 인간에 가까운 인조인간을 만들어 낸다고 해도 아무 소용이 없지 않겠는가? 생각하고 말함이 인간다움의 본질이기 때문이다.

그런데 반대로 생각해보자. 인간으로 태어나서, 그 래서 생각하고 이야기할 수 있는 능력을 본질적으로 갖고 태어났지만, 그 기능을 수행하지 못한다면, 그 역 시 사이버보그에 불과하지 않을까? 갈수록 사람들 사이에 대화가 사라지고 있다고 한다. 동시에 점점 생 각하는 능력도 위축되고 있다. 하루 종일 남들과 이렇 다 할 대화도 나누지 않고, 아무 생각 없이 하루하루 를 살아간다면, 그가 사이버보그와 다를 바가 무엇이 겠는가?

스마트폰은 놀라운 혁신적 기기이다. 스마트폰이 말 을 알아듣기도 하고, 말을 전해주기도 한다. 스마트폰 은 우리의 신체적 기능 상당 부분을 수행하고 있다. 기억도 스마트폰의 메모 앱이 대신해주고, 대화도 카 톡을 비롯한 모바일 SNS가 대신해준다. 심지어 스마트 폰과 하루 종일 대화를 나누기도 한다. 그렇다면 스마 트폰이 '바이오닉 맨'과 다를 바도 별로 없다.

요즘 청소년이나 젊은이들의 생활 모습을 보면 거의

스마트폰의 노예가 된 게 아닐까 싶을 정도로 스마트폰에 밀착되어 살아간다. 내가 직접 목격한 지하철의 풍경 하나를 묘사해보자. 출근시간이어서 복잡한 어느 지하철, 1번 칸 맨 앞문으로 어느 여자가 들어온다. 그 여자는 몇 역 이전부터 이미 승차해 있던 어느 남자와 반가운 얼굴로 미소를 교환한다. 그 남자는 여자의 남자친구이고, 두 사람은 매일 그 기차의 맨 앞문에서 일정한 시간에 만나기로 약속을 해둔 것이다. 그렇게 출근 데이트를 할 정도면 두 사람은 매우 친밀한 관계이다. 그러나 두 사람은 만나자 마자, 미소를 나누자마자 각자 스마트폰에 얼굴을 박아버린다. 두 사람 사이에 아무 대화도 오가지 않는다.

대학생 자녀를 둔 부모들은 아이들과 식사를 함께 해도 대화를 나눌 수가 없다고 한다. 모두들 스마트폰에 온 신경을 보내고 있기 때문이다. 이런 정도면 우리는 이미 스마트폰이라는 기기의 노예가 되어버린 것이 아닐까? 좀 과장이 심하긴 하지만.

강의실에서도, 스터디 룸에서도, 소모임 자리에서도, 스마트폰만 들여다보고 있는 학생들을 보고 있노라면, 이게 사이버보그가 아니고 무엇인가 싶은 생각마저 든다. 사이버보그라도 괜찮은 것일까? 사이버보그 시대가 다가오더라도 인간다움의 본질은 잃어버리지 않아야 한다. 대화를 나누고 생각을 나누는 것, 그것이야말로 인간이 지켜야 할 최고의 가치이기 때문이다.

일자리를 대하는 마음가짐
- 영화 〈인턴〉

　미국 영화 〈인턴〉이 뜻밖의 흥행몰이를 한다고 해서 화제가 된 적이 있다. 그다지 흥행 공식에 부합하는 작품이 아님에도 관객이 제법 찾아들었기에 그럴 것이다. 화려한 컴퓨터 그래픽도 없고, 스피디한 액션 장면도 없는, 잔잔한 영상으로 관객의 호감을 끌어내는 작품이다. 그 잔잔함 안에 이런저런 생각거리를 제공한다.

　특히 우리나라에서 유달리 흥행 성적이 좋아서 감독 낸시 마이어스가 자신의 인스타그램에 'Thank You, South Korea!'라는 감사 인사를 올리기도 했다.

그녀는 대중적인 코미디 로맨스에 능한 시나리오 작가이자 감독이다. 가벼운 로맨스 이야기에 여성주의적 이데올로기를 살짝살짝 가미한다. 〈왓 위민 원트(What women want)〉 같은 작품이 그런 성향을 보여주는 대표작이다. 〈인턴〉은 이전의 작품과 비교하자면 여성의 사회적 역할을 더 비중 있게 제시하면서 이야기의 하중을 더 무겁게 했다. 멘토 노인의 조언으로 여성이 자기 자리를 지킨다는 자칫 졸리기 쉬운 주제를 설정했다. 그럼에도 두 시간이 넘는 러닝 타임이 지루하지 않다.

어찌 보면 뻔할 것 같은 이야기 구조에도 불구하고, 또 이렇다 할 반전이 있지도 않음에도, 영화를 지루하지 않게 볼 수 있는 이유는 그 내용이 무척 현실적이라는 점이다. 전반적으로 이야기는 일상적 틀 안에서 관객과 소통하는 데에 성공했다. 우리나라에서 흥행에 성공한 것은 우리나라의 현실, 혹은 우리 시대의 고민에 대해 생각할 여지를 제공하기 때문 아닐까 싶다.

영화는 여성의 일과 가정 사이의 갈등 문제, 노인의

가치, 모바일 중독 등 여러 가지 문제를 제시하지만, 특히 여기서 주목하고 싶은 바는 '무엇을 위해서 일할 것인가?' 하는 문제이다. 주인공 벤은 회사가 사회봉사 활동 차원에서 고용한 노인 인턴이지만, 단순하게 시간을 때우고 돈만 벌면 된다는 생각을 하지 않는다. 노인이어서, 일자리를 갖는 것만 해도 고맙게 여길 처지여서 그럴 수 있겠지만, 시각을 더 열고 보면 일을 어떻게 받아들이는가에 대해 배울 점이 분명히 있어 보인다. 자기 입장을 지키면서 주어진 일을 긍정적으로 받아들이는 모습은 '인턴'이라는 자리가 갖게 하는 자기 열등을 어떤 방식으로 극복하는지를 일깨워준다.

영화에서 그 극복의 방법을 찾아보자면, 하나는 자신이 해야 할 일을 스스로 자각 하는 것이다. 영화의 주인공 벤은 필요하다고 판단되는 일을 비록 그것이 궂은일이라 하더라도, 누가 시키지 않더라도 할 수 있는 일이라면 자신이 처리한다. 또 하나는 자신의 위치에 대해 떳떳하게 여기는 것이다. 자신이 스스로 자부심을 가질 때, 주변 사람들이 그 가치를 존중해 줌을 알 수 있다. 그리고 또 하나 영화를 통해 배울 점은 나서지 않으면서 주위 사람들을 편안하게 대하는 모습이다.

물론 영화니까 과장된 점도 있고 이상화된 측면도 있지만, 이와 같은 방식들은 현실에서도 얼마든지 적용할 수 있을 것이다. 인턴은 언제나 을의 입장이어서 늘 불이익과 굴욕을 당한다고 툴툴거리는 말들을 많이 듣는다. 틀린 말이 아니다. 하지만 그렇게 스스로 위축되고 열등에 빠지면 그 상황에 계속 머무르게 된다. 꼭 인턴만 그런 게 아니라, 대부분 직장 생활을 하는 사람들도 그렇게 부정적인 생각으로 살기 싫다.

이제는 스스로의 마음가짐부터 바꿔보려고 해보자. 자기에게 주어진 일을 한층 긍정적인 시각으로 받아들이고, 억지로 강요당하는 입장이 아니라 내가 돕는다는 입장에서 자기 일을 마주 대하고, 무엇보다 스스로 자기 자신에 대해서 자부심을 갖도록 해보자. 그렇게 먼저 자신의 생각을 바꾸면, 자신의 일상도, 자신을 바라보는 다른 이들의 시선도, 자신에 대한 평가도 달라질 것이다. 그것은 일자리 자체의 문제가 아니라 일에 대해 어떤 인식을 가질 것인가의 문제이다. 좋은 일자리든 나쁜 일자리든 일에 대해 어떤 마음을 가져야 할지, 이 영화를 보면서 다시 생각해 보면 좋겠다.

'못하는 것'일까 '안 하는 것'일까
– 영화 〈피아노〉

제인 캠피온(Jane Campion) 감독의 영화 〈피아노〉는 페미니즘 영화로 손꼽히곤 한다. 이 영화는 소리내는 능력을 잃어버린 장애 여성 주인공이 스스로 사랑을 쟁취해 나가는 과정을 보여준다. 주인공은 스스로의 손으로 자신을 묶어왔던 줄을 풀어내고, 그를 통해 자기 사랑을 완성시킴으로써, 여성의 주체성을 보여준다.

그런데 주인공 에이다는 말을 못하는 장애인으로 등장했다가 마지막 대단원 부분에서 말을 하기 시작한다. 즉 말 못함은 장애가 아니라 스스로 선택했던 것이다. 못한 게 아니라 안 한 것이다. 상처로 인해 세상과 등을 돌린 것이 말하지 못함이었다면, 사랑을 쟁취하면서 세상과 화합하기 위해 말을 시작하는 것으로 보인다. 그래서 여성주의 영화를 보다가 엉뚱하게도 '못하는 것'과 '안 하는 것'의 차이에 관심을 갖게 되었다.

요즘 인기 높은 TV 개그프로그램을 보면, 원인과 결과를 전도시켜 웃음을 유발하는 경우가 있다. 최근의 개그 코드 중 하나이다. '황사가 와서 돼지고기를 먹는다'가 아니라, '돼지고기를 먹고 싶어서 황사바람을 불러들인다'라는 식이다. '회사가 망해서 결혼을 못하는 것일까요, 결혼하기 싫어서 망할 회사 다닌 것일까요?'라는 개그 한마디에 엷은 미소를 짓게 되지만, 뒷맛이 개운하지만은 않다.

다니던 회사가 망해서 직장이 사라지고, 그래서 결혼을 할 수 없게 되었다고 가정해보자. 이는 상황에 의해 자신의 의지가 꺾인 예가 될 터이다. 그것을 뒤집어, '결혼을 하기 싫어서 망할 회사에 다닌 거야'라고 생각한다면 이는 결혼을 못한 것이 아니라 안 한 게 된다. 즉 상황의 문제가 아니라 의지의 문제로 넘어간다. 이런 개그가 웃음을 유발하는 이유는 어느 누구도 결혼하기 싫다고 망할 회사에 다닐 까닭이 없다고 생각하기 때문이다. 그런데 가만히 생각해보면, 정말 망할 회사에 다닌 것과 결혼을 못한 것 사이에 연관 관계가 있을까 의심해 볼만하다. 언제나 상황이 의지보다 강한 것일까?

직장은 직장이고, 결혼은 결혼이다. 그런데 적령기에 도달한 많은 젊은이들이 직장이 없어서 결혼 못한다고 푸념하고 있다. 그런 모습을 보고 있노라면, 정말 이 친구들이 결혼하기 싫어서 취업을 안 하고 있는 게 아닐까 하는 엉뚱한 생각이 들곤 한다.

영어 선생들이 잘 써먹는 말 중에 하나가, '넌 영어를 못하는 게 아니라 영어를 안 하는 거야.'이다. 특히 원어민 교수들은 이런 말을 즐겨 쓴다. 그러면 그런 지적을 당한 학생으로서는 정말 할 말이 없다. 틀린 말이 아니기 때문이다. 틀린 말은 아닌데 선뜻 수긍하기도 어렵다. 어떤 학생은 '전 한국에서 태어났기에 영어를 못하는 게 아니라, 영어가 싫어서 한국에서 태어난 게 아닐까요?'라고 말했다. 개그를 모방한 어투여서 웃고 말았지만, 웃고 넘기기만 할 일은 아니다. 영어 학습의 문제는 결혼과 직장의 관계와 달라서, 상황보다는 의지가 훨씬 큰 비중을 차지하는 경우이기 때문이다.

그러면 어떤 경우는 상황이 더 무겁고, 어떤 경우는 의지가 더 중요한 것일까? 영어 공부의 경우에는 상황에 의한 제한이 있기는 하지만, 우리나라의 영어 학습을 위한 교육적 기반을 고려한다면 '못한' 범주보다 '안 한' 경우가 더 클 것이다. 즉 의지만 강하면 어려운 상황이더라도 얼마든지 영어 학습을 할 수 있는 사회적 바탕이 마련되어 있다는 뜻이다. 그렇지만 아무래도 당사자의 경제적 여건에 따라 상황은 달라질 수밖에 없다.

그렇다면 취업은 어떨까? 못하는 것일까, 안 하는 것일까? 취업이 어려운 상황이라고들 말한다. 사실이 그렇다. 유례없이 불황이 오래 지속되고, 기업은 움츠린 채 성장에 나서려고 하지 않는다. 취업하기 어려운 상황에 놓여 있음은 틀림이 없다. 그렇다고 모든 사람이 다 취업을 못 하지는 않는다. 영어 학습의 경우 보다는 의지가 작용할 비중이 낮긴 하지만, 그래도 상황에 핑계를 대고, 난 열심히 취업하려고 하는데 안 되는 걸 어떻게 하냐고 나자빠질 일은 아니다.

정말 못하는 것인지, 안 하는 것인지, 곰곰이 따져 볼 일이다. 왜 그러냐 하면, 우리 학생들을 바라보고 있자면, 정말 취업에 의지가 있는지 궁금한 사례가 너무 많기 때문이다. 물론 취업이 인생의 모든 것을 결정하지 않는다. 취업보다 더 중요한 일도 많다. 자신의 행복 찾기가 취업이 아닌 다른 데에 있을 수도 있다.

그러나 근본적으로 자신의 행복 실현의 방향이 어느 쪽이든, 우리는 먹고 살아야 한다. 최소한 자신의 삶을 자신이 책임질 수 있을 때, 그 바탕에서 자신의 실현을 구현할 길을 찾을 수 있다. 그렇다면 취업이든, 창업이든, 예술 활동이든, 자신의 삶을 책임질 방도를 먼저 정하고, 그 다음에 자신이 원하는 것을 추구해야 한다.

그럼에도 이런저런 핑계를 대면서 취업에는 아무런 의지가 없는 학생들을 너무 많이 보게 된다. 정말 상황 때문에 취업을 못하는 것일까, 아니면 취업하기가 싫어서 힘든 상황을 만난 것일까? 어이없는 개그 멘트 같지만, 자신을 되돌아보기 위해 한 번 쯤 물어봐야 할 질문이다. 그렇다면 우리 학생들에게는 어떤 질문이 필요할까? 최소한 자기 삶을 책임지기 위한 '의지'를 가지고 있는가를 자신에게 먼저 물어보아야 하지 않을까?

알파고, 인공지능, 가상현실
- 영화 〈카타카〉

내가 태어나서 처음 접한 판타지 SF영화는 50년 전에 나온 〈바바렐라(Barbarella, 1968)〉이다. 주인공은 여자 무사인데, 헨리 폰다의 딸 제인 폰다가 당시로는 꽤 파격적인 노출을 드러내며 주인공 역을 맡았다. 그당시 어린 나로서는 제인 폰다의 가슴과 허리를 들여다보는 재미도 재미지만, 작품에 깔린 이런저런 판타지 요소를 흥미롭게 본 기억을 갖고 있다. 이를테면 41세기를 시대적 배경으로 삼은 이 작품에서 사람의 섹스는 직접적인 접촉으로 이루어지지 않는다. 섹스를 나누고자 하는 남녀가 서로 손바닥만 대고 있으면 인공지능에 의한 뇌파 교류로 섹스가 이루어진다. 사람들은 진정한 섹스법을 잊어버린 지 오래다. 주인공 바바렐라가 낯선 별에서 금기가 된 진정한 섹스법을 배우면서 자기 위기를 극복해나가는 식으로 스토리가 흘러갔던 것으로 기억한다.

성적 코드와 노출을 억지로 짜집기한 B급 영화지만, 그 판타지적 상상력은 만만치 않았다. 그런데 지금 와서 인공지능을 통한 섹스라는 그 상상력이 현실이 될 지도 모르겠다는 뜬금없는 생각이 불쑥 든다. 어차피 오르가즘이 뇌의 작용이라면 섹스도 인공지능이 대신 해주는 세상이 오지는 않을까? 그렇게 된다면 섹스는 가상현실 속에서만 이루어지게 될 터이다(그렇다면 출산은 어떻게 해결할까?).

50년 전의 〈바바렐라〉가 B급 성적 농담이라면, 20년 전에 나온 판타지 영화 〈가타카(Gattaca, 1997)〉는 진지하게 미래의 가상현실을 생각하자는 작품이다. 인간은 출산 단계에서 두 개의 계급으로 나뉜다. 하나는 유전자 조작을 통해 태어난 사람이고, 또 하나는 자연 출산한 사람이다. 유전자 조작을 거치면 두뇌, 건

강, 성품 등이 거의 완벽한 존재로 태어나는 반면, 자연적으로 출산된 사람은 근시에다 이런저런 건강상의 문제점을 안고 태어난다. 따라서 자연 출산한 사람은 믿을 수 없는 존재이므로 전문적인 일을 할 수 없다. 청소나 문지기 등 두뇌를 요구하지 않는 노동만 주어질 뿐이다. 영화는 자연 출산 인간들의 혁명을 다루고 있어서 그 끔찍한 상상력 속에서 안도감을 주는 방식으로 끝맺지만, 앞으로 전개될 가상현실이 얼마나 무서울지를 무겁게 경고하고 있다.

며칠 전에 일본에서 이상한 뉴스가 날아왔다. 인공지능이 소설을 썼다는 것이다. 더구나 이 작품이 문학상 심사에서 1차 예심을 통과했단다. 프로젝트를 주도한 이는 마쓰바라 진(松原仁) 교수인데, 저명한 SF작가 호시 신이치(星新一) 씨의 이름을 붙인 '호시 신이치' 문학상에 인공지능을 활용해 쓴 4편의 단편소설을 응모했다. 수상에는 실패했지만 네 편 중 한 편이 1차 심사를 통과했다 밝혀져서 충격을 던졌다. 창작 과정은 대략의 플롯을 인간이 부여하면 인공지능은 자기가 알고 있는 단어를 조합해 문장을 만드는 방식으로 이루어졌다고 한다. 먼저 사람이 '언제', '어디서', '무엇을 하고 있다'는 등의 요소를 포함시키도록 지시하면 인공지능이 관련 있는 단어를 자동으로 골라 문장을 만드는 식이다. 따라서 핵심적인 역할은 인간이 맡고 인공지능은 보조적인 역할을 하는 수준이지만, 인공지능으로 어느 정도의 수준을 갖춘 소설 작품이 완성되었다는 것이 중요하다.

나에게는 두 개의 믿음이 있었다. 아무리 인공지능이 발달해도 바둑만은 인간에게 이길 수 없을 것, 아무리 인공지능이 발달해도 소설 창작, 예술 창작의 영역은 넘보지 못할 것이라는 것이 그 둘이다. 그런데 이제 그 두 믿음이 다 깨져버렸다.

이세돌이 알파고에 패배한 사실은 충격이긴 하지만, 또 확률의 알고리즘이라는 원리를 다 이해할 수는 없지만, 대충 이해가 되는 사항이므로 그 충격을 다스릴수는 있을 것 같다. 그런데 예술의 영역인 소설 창작에까지 인공지능이 덤벼든다면 이제 앞에서 봤던 영화들에 그려진 현실이 가상현실이 아니라 실제현실로 우리 앞에 다가올 날이 멀지 않은 것 아닐까 하는 두려움이 든다. 물론 그 소설 창작이 한정된 문장 구성에 국한하고 소설의 영역도 예술적 성격이 약해서 가능한 것으로 보인다. 또 인공지능의 역할이 다원화되고 더 출중해지는 미래를 두렵게 보기만 할 필요는 없을지 모른다. 그러나 이제 정말 진지하게 새롭게 다가올 4차 산업혁명이라 일컬어지는 인공지능의 시대에 대해 인간의 존엄성을 중심에 두고 대비해야 할 것이다.

폭력의 중독성, 그리고 유전
– 영화 〈허트로커〉

　문재인 대통령이 베트남을 방문했을 때, 베트남 전쟁에 참전했던 한국군의 행태에 대해서 사과말을 남겼다. 어쩌면 뜬금없는 일처럼 보이기도 하는데, 베트남 사람들의 뇌리에 남아있는 한국 군인으로부터 받았던 폭력의 기억을 해소할 수 있다면, 필요한 외교적 행위이기도 하다는 생각이 든다. 어쩌면 더 일찍 공식적인 사과를 했어야 한다. 그런데 베트남 전쟁을, 특히 한국 군대의 베트남 참전을 모르는 청년들은 대통령의 사과를 이해하지 못하는 듯하다. 과거는 과거일 뿐이고, 전쟁은 전쟁일 뿐이라는 생각을 하는 대학생들도 있다.

물론 그 당시에 한국인이 베트남에서 저질렀던 만행을 기억하는 일도 중요하고, 베트남 사람들에게 위로와 사과를 전하는 일도 중요하다. 그러면서 동시에 왜 우리가 그런 만행을 이국 땅에서 저질렀을까를 생각해봐야 한다.

〈허트로커(hurtlocker)〉라는 영화가 있다. 여성 감독 캐서린 비글로우(Kathryn Bigelow)가 연출한 전쟁영화이다. '세상에 여자 감독이 만든 전쟁영화라니…' 이런 기분으로 영화를 보러갔다. 여성 감독의 전쟁 영화니까 뭐 좀 색다르거나 맥 빠질 것이라는 생각이었는데, 그런 생각 자체가 여성에 대한 차별의식에서 나왔는지 모르겠다. 여성의 영토는 남성들의 전투 결과에 따를 뿐이라는 고정관념의 산물이 아닐지.

이 여성 감독의 작품은 어느 남성 감독의 작업보다 더 거칠고 리얼하게 싸움의 세계를 그려낸다. 여자 배역이라곤 거의 없는 이 전쟁영화에서 감독은 매우 선명한 주제를 던지면서 전쟁의 의미를 묻는다. 그 주제는 '전투의 격렬함은 마약과 같아서 종종 빠져나올 수 없을 정도로 중독된다.'라는 문장으로 명료하게 요약할 수 있을 것이다. 폭력, 혹은 전쟁의 중독성을 고발하는 영화작품이다. 그런데 그 전쟁의 중독성은 어디에서 오는 것일까?

미국과 이라크의 모래 전쟁을 소재로 한 이 작품은 폭발물 해체 작업반을 이끄는 미군 중사의 행동과 내면을 쫓아다닌다. 주인공은 이라크에서 임무를 수행할 때에 무모할 정도로 용감하다. 안전수칙을 지키지도 않고, 부하의 안위도 돌보지 않는다. 자신의 목표, 폭발물을 제거해야 한다는 목표만이 그를 움직이게 하는 이유이자 규칙이다. 그러나 그 수행력은 평화를 위한 수단도 아니고, 무고한 생명을 구하기 위한 희생정신도 아니다.

그는 임무를 마치고 미국의 자기 가족에게로 돌아간 뒤에도 전쟁터에서 폭발물을 해체하고 싶은 열망에서 벗어나지 못한다. 무엇이 그를 전쟁터로 달려가게 하는 것일까? 인간 자신이 시한폭탄이 되는 이라크 전쟁터의 비인간적 현실과 싸우고 싶은 것일까? 어린아이들을 보호하고 싶은 것일까? 감독은 거기에 답이 있지 않음을 강력하게 암시한다. 주인공은 폭발물을 해체할 순간의, 그 억세고 폭발적인 위기감과 전율을 즐길 뿐이다. 그는 바로 전쟁의 격렬함에 중독된 것이다.

이 영화를 보면서 폭력의 무서움을 새롭게 느낀다. 폭력은 남에게 힘을 가하는 것만 아니라, 그 힘에 대항하는 방법이기도 하다. 이 영화의 주인공이 부하들의 만류에도 불구하고 무모하게 폭발물을 제거하려 뛰어드는 행위는 그 자체가 자기 자신 혹은 그를 지켜보는 부하들에 대한 폭력이 아니겠는가? 문제는 그 격렬함이 매력적이라는 데에 있다. 그래서 지구상에는 호전적인 사람이나 집단이 사라지지 않는 법이다. 정말 무서운 것은 호전적인, 다시 말하면 폭력을 좋아하는 그 중독성이 세대와 역사를 뛰어넘어 유전된다는 것이다.

중동지역에서 볼 수 있듯이, 때로 우리는 종교와 사랑과 평화를 빙자하여 폭력을 그것도 무자비한 폭력을 행사하는 일을 흔히 보게 된다. 역사는 종교를 위한 전쟁의 무자비함을 여실하게 증명한다. 마찬가지로 자기 안위와 자존심과 국민의 생존을 빙자한 폭력 행위도 심심찮게 볼 수 있다. 전쟁이란 폭력을 정당화하기 위한 것이란 말도 실감난다. 영화를 보는 내내, 베트남전에서 드러났던 폭력에의 중독이 전쟁을 겪은 우리 한국인의 유전자에도 숨어있지는 않을까 심히 두려워졌다.

관객수와 문화 추수주의
- 영화 〈그랜드 부다페스트 호텔〉

웨스 앤더슨(Wes Anderson) 감독의 〈그랜드 부다페스트 호텔〉은 모처럼 예술 영화의 묘미를 느낄 수 있는 작품이다. 개인과 역사의 관계를 새롭게 생각해보게 한다는 점에서 재미있고도 흥미롭다. 이 작품은 베를린영화제에서 심사위원 대상을 획득했는데, 독특한 영상미와 화려한 출연진으로 인해 영화제 내내 화제의 중심에 섰다고 한다. 우리나라에서는 박찬욱 감독을 비롯한 영화계 인물들이 극찬하는 바람에 주목을 받게 되기도 했다.

그러나 영화관을 찾아가는 일반인들은 이런 작품

에 그다지 관심을 갖지 않는 게 우리나라의 현실이다. 애니메이션 〈겨울왕국〉과 비교해보자면, 〈겨울왕국〉이 미국에서 거둔 입장료수입은 총 3억4천만 달러 정도이고 〈그랜드 부다페스트 호텔〉은 3천 4백만 달러 정도이다. 미국에서는 〈겨울왕국〉의 1/10 정도의 관객이 이 작품을 감상했다는 뜻이다. 우리나라 〈겨울왕국〉 누적 관객 수는 1000만 명이 조금 넘었다. 미국의 흥행실적에 비례한다면 〈그랜드 부다페스트 호텔〉의 국내 누적 관객 수가 100만 명이 넘어야 한다는 계산이 나온다. 하지만 실제 누적 관객 수가 40만 명 정도라고 하니, 우리나라에서는 그 명성에 비해 푸대접을 받은 셈이다. 흥행지수로 보자면 미국의 절반 밖에 되지 않는다. 이는 우리나라 관객들이 영화관람 선택에서 얼마나 편중이 심한가를 드러내는 하나의 사례이다. 물론 작품 하나를 놓고 그렇게 단정할 수는 없고, 또 어제 오늘의 일도 아니긴 하지만 말이다.

어쨌거나 영화 일을 하는 사람들이 들썩인데 비해 일반 관객들이 관심을 주지 않는 현상은 인문학의 대중화가 얼마나 어려운지를 느끼게도 한다. 최근 동대문에 들어선 DDP의 설계자 자하 하디드도 건축에 인문학을 접합시킴을 강조했고, 기아자동차의 경영주도 최근 강연에서 기업의 미래에서 인문학적 소양이 중요함을 강조했다. 너도나도 인문학적 소양이 필요하고 중요하다고 역설하지만, 실제로 인문학을 삶의 내부에서 작동시키려는 준비나 생각은 아직 멀다. 예술적 관점에서는 매우 독특한 작품인데, 일반관객들로서는 이런 작품을 그다지 보고 싶어 하지 않는다는 현상을 보면서 그런 한계를 느낀다는 뜻이다.

한국의 관객들에게 영화란 감각기관으로 느끼는 오락물이지 머리와 마음을 동원해야 할 예술은 아닌 셈이다. 원래 대중의 흥미란 그런 것이지만, 하지만 너무 편중이 심하면 삶의 문화적 지평이 사라지게 된다.

이 작품에서 '그랜드 부다페스트 호텔'이란 공간은 개인의 역사가 녹아있는 작은 세계이다. 그런데 개인의 삶을 망가뜨리는 것은 개인이 아니라 더 큰 역사적 폭력이다. 영화의 중요 인물들이 불행해지는 것은 전쟁 때문이다. 삶을 위협하는 폭력과 탐욕에 대항하는 인간적 연대와 애정이 버티고 있지만, 개인의 소멸은 전혀 뜻밖의 사건에서 벌어진다. 그렇게 역사가 보이지 않는 곳에서 삶을 끌어가고 또 소멸시킴을 이 영화는 유쾌하게 보여준다.

그 결과 영화의 중심 공간인 그랜드 부다페스트 호텔은 시간의 흐름 속에서 옛 영광을 잃어가 버리고, 그래서 노스텔지어만 어려 있을 뿐 낡은 잡지처럼 찾는 사람이 별로 없다. 하지만 문화로서의 가치는 그대로 존속하고 있음을 감독은 보여주려 한다.(영화를 본 사람을 위해 부기하자면, 사건의 중심 매개체인 명화 〈사과를 든 소년〉이 호텔의 가운데에 걸려 있음이 바로 문화의 존속가치를 상징하려는 의도이다. 사람은 사라져도 문화는 남아있는 것이다.)

메이저 언론사의 홍보 속에 열린 바 있는 〈한국근현대회화 100선〉 전시회는 서울에서만 관람객 40만 명을 넘겼다고 한다. 미술을 사랑하는 사람이 그렇게 많다는 사실은 반갑지만, 그 관람객들이 본 것이 무엇이었을까를 생각해 볼 필요도 있지 않을까? 그런 전시회가 많이 개최됨이, 또 그런 전시회를 찾는 이들이 많음이 바로 우리의 문화수준을 입증하는 것은 아닐 터.

양적인 팽창도 중요하지만, 예술 속에서 무엇을 보고 느끼는 것이 더 중요할 것이다. 이제 우리도 개인의 삶에서 역사를 찾고, 그 안에서 가치를 획득해야 하듯이, 그 개인의 삶을 더 문화적인 의미로 고양시키는 노력을 가져야 한다. 누적 관객수 천만 명이 넘는 영화나, 40만 명이 넘는 관람객의 미술전시회에 기록된 그 수치가 남들 따라하기, 트렌드 쫓기 혹은 문화적 추수주의나 문화인인 척하기의 결과라면, 이 역시 한국인이 보여주는 독특한 현상이겠다. 단순히 남이 보니까 나도 보고, 트렌드를 따라다니고, 감각적인 위안과 즐거움만 쫓을 것이 아니라, 우리의 생활이 진정한 문화를 받아들이고 그래서 더 문화적인 일상을 만들어가야 한다. 그 수치들이 보여주는 한국의 문화수준이라면 〈그랜드 부다페스트 호텔〉의 관객수가 두 배는 되어야 하지 않겠나 하는 생각이 들어 넋두리를 해본다.

우리를 위한 정치 만들기
– 영화 〈광해, 왕이 된 남자〉

영화 〈광해, 왕이 된 남자〉는 흥행에 성공한 사극 작품 중 하나이다. 외국에서도 꽤 관심을 끌었다는 소식이다. 독특한 소재의 사극 영화가 대중의 관심을 끄는 요인은 무엇일까? 한 작품의 흥행 성공 요인을 단순하게 정리할 수는 없는 법이어서 단순하게 이렇다 저렇다 말하긴 어렵지만, 전문가들의 견해를 빌리면 대충 다음과 같은 점들을 꼽을 수 있다.

하나는, 배우 이병헌의 지명도와 명연기를 들 수 있다. 1인2역을 잘 소화하며 열연을 보여주었다는 점, 특히 헐리우드 영화로 진출한 이후 첫 작품이어서 관심

대상이 된다는 점 등 주연 배우에 대한 대중의 관심이 높다는 사실 또한 무시할 수 없다. 또 하나는, 〈광해〉가 상영되던 시점에, 김기덕 감독이 베네치아영화제에서 대상을 수상함으로써 일반인들의 영화에 대한 관심이 높아진 점도 들 수 있다. 그러나 무엇보다 중요한 요인은 시나리오가 잘 짜였다는 점이다. 좀 억지스러운 상황이지만, 그런대로 플롯을 적절하게 구성하여 흥미롭게 이야기를 전개시켰다.

그런데 꼭 짚어야 할 요인 중 눈에 보이지 않는 것으로, 한국 사회를 뒤덮고 있는 정치의식을 들어야 하지 않을까 싶다. 우리나라처럼 정치 상황이 영화 흥행에 영향을 미치는 나라는 찾기 어려울 것이다. 이 작품이 상영되던 시기가 대통령 선거를 앞둔 때였기에 한국의 정치 상황이 이 작품에 대한 관심도를 높였다는 측면을 무시할 수 없다.

이 작품은 정치 지도자가 해야 할 역할이 무엇인지에 대해 관객들에게 메시지를 던진다. 세제 개혁과 외교 노선, 정치의 참된 목표에 대해 뭔가 대화를 나누자 한다. 이 주제는 어찌 보면 너무 피상적일 수 있고,

지나치게 뻔한 것일 수도 있다. 그럼에도 이 푸석한 주제에 관객은 작지 않은 감정 떨림을 느끼게 된다. 재산이 많은 사람이 세금을 많이 내어야 한다든가, 명분만 내세운 권력자들의 이기적인 외교 정치가 아니라 백성을 위한 정치가 되어야 한다든가, 백성의 고혈을 빠는 탐관오리들을 처벌해야 한다든가, 그런 내용들이 바로 주제를 뒷받침하는 것들이다.

사실 영화의 제재로는 얼마나 상투적인 아이템들인가? 그럼에도 그런 목소리가 왕이 아니라 천민이었던 광대의 목에서 외침으로 터져 나왔을 때, 그 울림은 그냥 상투적인 이데올로기가 아니라 현실적인 대중의 정치적 여망을 담고 있다. 바로 이 울림이 관객들로 하여금 영화에 빠져들게 하는 요인이 아닌가 한다. 이것이 울림으로 작동하는 이유는 바로 왕이 되고픈 남자, 혹은 여자들의 낯 뜨거운 싸움이 현실 정치에서 벌어지고 있기 때문이다.

영화 속 주인공은 '왕이 된 남자'라는 표제에도 불구하고 정작 왕이 되지 못하였다. 왕이 되려면 내가 살기 위해 남을 죽일 수 있어야 한다. 영화 속의 캐릭

터는 그런 잔인하고 이기적인 일을 할 수 있는 그릇이 못되었다. 그러기에는 그는 너무나 인간적이고, 그래서 정치적으로는 나약하기 짝이 없는 존재이기 때문이다. 정말 정치는 그래야 하는 것일까? 내가 살기 위해 남을 죽일 수 있을 정도로 잔인해야 하는 것일까?

지금의 현실 정치는 광해 당시의 조선시대보다 더 독한 당파 투쟁이 벌어지고 있다. 각종 인기 정책을 내세우며 자신들의 이익을 얻기 위해 광분하고 있다. 이 인기주의 정책은 새로운 복지정책, 혹은 친 서민 복지 정책, 혹은 경제민주화 정책으로 포장되어 있다. 그들은 새로운 정치가 필요하다고 목소리를 높이고 있다. 그리고 복지다운 복지를 펼쳐 보이겠다 목소리를 높인다. 소수의 부자가 아니라 다수의 가난한 이들을 위해 헌신하겠다 한다. 그러나 광해 때에도, 지금도, 정치가들이 서민의 삶을 진정으로 걱정한 적은 한 번도 없었다. 어쩌면 영화 속의 주인공은 그 본질이 정치가가 아니라 광대였기에 그런, 어쩌면 어처구니없는 발상과 식견을 보였을지 모른다.

극장에 찾아가서 〈광해, 왕이 된 남자〉를 관람하며

작으나마 짜릿한 떨림을 경험한 우리 국민들은 영화의 메시지에 대해 어떤 대답을 하고 싶었을까? "그래, 광해가 말하는 그것을 우리도 열망하고 있지, 하지만 한 번도 실현되지 못한 것 아냐? 그래도 이번만은 한 번 더 믿어볼까?" 이런 대사를 혼자서 읊조릴까, 아니면 "웃기지 마, 그러니까 영화는 영화일 뿐이야, 우리 현실에서는 그런 정치인을 절대 만날 수 없어!" 라며 자조하고 있을까?

이 영화 작품을 보러간 관객들에게는 분명 '정말 우리를 위한 정치가가 나올 때가 되지 않았을까, 이번에는 실현될 거라 믿고 싶다'는 소망이 솟아났을 듯하다. 그런 소망이 단지 영화 속 이야기로 끝나지 않고 실제 우리 현실에서 실현될 수 있게 하는 것은 우리 스스로 눈을 떠서 건강하고 변하지 않는 정치 식견을 갖는 것뿐이다. 비록 하찮은 광대에게서 배우는 한이 있더라도.

예술로 삶을 만나다,
그리고
미래를 보다

02

윤동주
– 무시무시한 고독 속에서 찾은 부끄러움

　2017년은 시인 윤동주가 탄생한 지 100년이 되는 해이다. 민족의 언어로 저항의 노래를 아름답게 승화시킨 이 시인을 기리는 윤동주 탄생 100주년 기념행사가 다양하게 열렸다. 윤동주 시의 원전을 밝히고, 시인의 생애가 지닌 의미를 추적하는 등 학술서적도 여러 권 나왔다. 예술의 전당에서는 창작뮤지컬 〈윤동주 달을 쏘다〉가 공연되었고, 〈시인 동주〉를 서술하는 안소영의 소설이 발표되었으며, 구효서의 소설을 영화화한 영화 〈동주〉에 이어 시인 동주를 그리는 영화가 만들어지고 있다.

이런 여러 학술 활동, 예술 활동들이 시인 윤동주가 지닌 문화적 가치와 동주가 우리에게 남긴 정신을 되새기게 하는 데 크게 이바지할 것임은 틀림없다. 그러나 이런 공연이나 책 저술이 일반인들에게 미치는 영향이 얼마나 될 것인지는 차치하고, 윤동주 시가 남긴 정신이 과연 이처럼 100주년 기념사업 등으로 치장될 수 있는 것일까 하는 의문이 든다. 사실 이런 문제의식은 나 스스로를 대상으로 삼는 것이기도 하다. 우리는 일상에서 윤동주가 우리에게 던져준 문제에 얼마나 관심을 갖고 사는 것일까.

윤동주 시 정신을 이것이다 저것이다 한마디로 잘라서 규정할 수는 없다. 그렇지만 윤동주 시 전편에 걸쳐있는 정서적 핵심이 '부끄러움'임은 어느 누구도 부정할 수 없을 것이다. 〈참회록〉이란 시를 들여다보자. 윤동주는 "파란 녹이 낀 구리 거울 속에 / 내 얼굴이 남아 있는 것은 / 어느 왕조의 유물이기에 / 이다지도 욕될까."라고 했다. '파란 녹이 낀 구리 거울'이 현실이라면 그 암울한 현실 속에 놓여서 구시대의 유물처럼 무기력한 자신이 욕되다고 한다. 그래서 참회록을 쓴다. 부끄러움을 솔직하게 대면했기에 가능하다. 부끄러움은 과거지향적인 감정소모가 아니다. 부끄러움은 현실 속에서 자신을 반성함에서 나오는 것이고, 참된 부끄러움은 그래서 어떻게 살아갈지를 생각하는 미래지향적인 감성이다. 〈참회록〉에서 시인은 '밤이면 밤마다 나의 거울을 / 손바닥으로 발바닥으로 닦아 보자.'고 노래한다. 거울 속의 내 얼굴이 욕되지만 자꾸 닦아내려 하는 노력은 부끄러움에서만 나올 수 있다. 스스로 부끄러움을 모른다면 반성도 없고, 반성에 기반을 둔 미래설계도 있을 수 없다. 그래서 부끄러움은 아름다운 자기 인식이며 자기 회개이다.

정지용은 1948년에 발간한 윤동주의 시집 〈하늘과 바람과 별과 시〉 초간본에 서문을 쓰면서 이렇게 적었다. '무시무시한 고독에서 죽었구나!' 구원을 얻을 그 무엇도 잡을 수 없는 상황에서 시인은 그 무시무시한 고독 속에서 부끄러움을 찾았다. 놀라운 일이다.

〈서시〉에서는 "죽는 날까지 하늘을 우러러 / 한 점 부끄럼이 없기를"이라 했고, 마지막으로 남긴 시 〈쉽게 씌어진 시〉에서는 "인생은 살기 어렵다는데 / 시가 이렇게 쉽게 씌어지는 것은 / 부끄러운 일이다"라고 노래했다. 〈서시〉가 그의 시 세계를 보여주는 단초라면 〈쉽게 씌어진 시〉는 시인으로서의 자기 고백이 정점에 이르렀음을 보여준다. 말하자면 짧은 생애 속에서 시인 윤동주는 부끄러움으로 세계를 만났고, 부끄러움으로 그 세계 속에 존재하는 자신을 채찍질했다.

여러 정치적 상황을 바라보면서 우리는 많은 정치인들의 후안무치에 치를 떨고 있다. 대선이 시작되는 작금의 상황도 그렇게 부끄러움을 모르는 정치인들의 행태를 목격하게 한다. 정치판에서만 그런 게 아니다. 사회 이곳저곳에서 부끄러움을 잃어버리고 살아가는 군생들을 쉽게 볼 수 있다. 참으로 부끄러움을 상실한 세계에서 우리는 살아가고 있는 게 아닐까. 만약 그렇다면 우리 사회의 미래는 암울할 뿐이다.

학생들에게서도 그렇게 부끄러움을 잃어버린 모습을 보게 되는 것은 참 슬픈 일이다. 제멋대로 굴고, 제멋대로 행동하면서도 통 부끄러움을 모른다. 그게 우리 대학의 현실이다. 강의시간에 제 멋대로 늦게 들어왔다가 강의가 진행 중인데도 제 멋대로 나가버리고, 아무렇게나 잡담을 하고, 강의에 방해되는 행위를 하면서도 부끄러움을 모른다.

이제 윤동주를 다시 생각하면서 부끄러움을 되찾아야 하지 않을까? 시인이 우리에게 남긴 진정한 정신은 바로 그 부끄러움을, 반성하는 삶을 되새기게 하는 것이라 믿는다.

푸시킨
– 마음은 미래에 사는 것

삶이 그대를 속일지라도
슬퍼하거나 노하지 말라!
우울한 날들을 견디면
믿으라, 기쁨의 날이 오리니

마음은 미래에 사는 것
현재는 슬픈 것
모든 것은 순간적인 것, 지나가는 것이니
그리고 지나가는 것은 훗날 소중하게 되리니.

너무나 낯익은 시, 시골 이발소 액자에서도 볼 수 있는 시, 사춘기 청소년들의 방황을 다독거리는 시, 러시아 문인 푸시킨의 〈삶이 그대를 속일지라도〉이다. 이 시가 어느 지방의 언론사 설문조사에서 한국의 청년들이 가장 좋아하는 외국 시로 뽑혔다는 글을 얼핏 보았다. 이 시가 요즘 우리나라 청춘들에게 유달리 마음에 와 닿는다는 뜻이겠다. 아닌 게 아니라 최근 들어 각 신문이나 잡지의 칼럼, 수필 등을 보면 이 시를 인용하는 글들이 부쩍 많다.

이 시는 가장 처참함을 느끼는 시련의 순간에, 그 시간만 지나면 희망의 날이 올 수 있음을 역설하고 있다. 아무리 불행한 상황이라도 그 시간은 지나가게 되어 있고, 지금의 불행은 순간적인 것일 뿐이니, 기쁨의 날이 나에게 다가올 것을 믿고 가혹한 현실을 견디라고 한다. 희망적인 미래를 믿는다는 점에서 푸시킨은 낭만주의자임에 틀림없다. 그러나 낭만주의는 관념에 사로잡히기 쉽다.

이 시가 취업난과 불경기에 사로잡혀 미래의 희망조차 찾기 어려운 이 시대의 젊은이들에게 과연 희망을 줄 수 있을까? 정말 현실을 참고 우울한 날을 견디면 기쁨의 날이 올 수 있을까? 청춘들이 이 시를 좋아하는 것은 미래에 대한 희망을 믿을 수 있어서가 아니라 지금 당장의 현실에 대한 위로를 느낄 수 있어서가 아닐까?

그렇다면 '슬퍼하거나 노하지 않고' 현실에 대응하기 위한 방법을 찾아보아야 한다. 현실의 삶은 언제나 우리를 속이는 법이다. 이리저리 뛰어다니고 애를 써도 취업의 문은 쉽게 열리지 않는다. 늘 무엇인가에 쫓기며 살고 있고, 삶을 업그레이드할 사다리는 어디에도 없어 보인다.

알렉산드르 세게비치 푸시킨도 그런 청년기를 보냈다. 그는 19세기 초 니콜라이 왕정 중 모스크바에서 태어났다. 아버지는 몰락한 귀족이었지만 아들에게 천재적인 문학적 재능을 물려주었다. 보수적 왕정 시대에 푸시킨은 아버지의 서가에서 프랑스의 자유주의 문학을 접했고, 자유에 대한 강렬한 지향과 저항은 그를 유배 생활로 내몰았다. 유배 생활이 푸시킨의 문학을 성숙하게 했다는 평가도 있지만,

시련과 고통의 시간을 지내는 것은 불가피했다. 물론 이 유배 기간 동안 그는 많은 글을 쓸 수 있었고, 1826년 출판된 그의 첫 시 선집은 두 달 만에 품절되는 인기를 얻기도 했다.

푸시킨은 위험인물로 간주되었다. 유배가 끝나고 페테르부르그에 돌아온 다음에도 황제의 검열 없이는 그 어떤 작품 발표도 할 수 없었고 여행도 불가능했다고 전해진다. 게다가 푸시킨은 늘 빚에 시달렸다고도 한다. 결투 끝에 부상당하여 사망한 사건은 오랫동안 화젯거리였다. 결혼 전부터 미모를 떨치던 나탈리아 곤차로바와 결혼했으나 아내와 관련된 염문이 적잖은 정신적 충격을 가했다. 자신의 아내에게 사랑을 구하던 단테스라는 프랑스인과 명예를 건 결투를 감행했고 이 사건이 죽음의 원인이 되었다고 알려졌다. 하지만 일부에서는 그의 진보적 성향을 두려워한 궁정에서 음모를 꾸민 것으로 주장하기도 한다.

그의 삶과 죽음이 어떠했건, 우리에게 남은 건 그의 긍정적 에너지를 불러일으키는 시 한편이다. 유배 생활과 정치적 탄압, 불우한 가족사와 빚더미, 아내의

염문 등에 시달리면서도 푸시킨은 '마음은 미래에 사는 것'이라 노래했다. '기쁨의 날이 올 것을 믿어라'고 노래했다. 그러나 단순히 그렇게 여기기만 한다고 미래의 기쁨이 내 것이 되진 않을 것이다. 미래를 위해 현실을 견디는 그 마음이 중요하다. 지금 삶이 그대를 속일지라도 결코 좌절하지 말라, 견디고 이겨서 미래를 향해 마음을 열어라, 그렇게 우리를 다독거리고 있다. 이 시에서 단지 위로만 받을 게 아니라, 미래에 대한 믿음으로 현실을 극복하는 힘을 얻기로 하자.

한강
-독서 대중이 두터워야 한국 문학이 산다

작가 한강이 맨부커상 수상 작가가 되었다는 뉴스는 침체일로를 걷고 있는 한국 문학계에 천금 같은 희소식이다. 그렇지 않아도 장기간의 불경기에, 책 사는 데에 돈을 쓰지 않는 한국인들(나를 포함해서)에, 이렇다 할 문제작도 없고, 엎친 데 덮친 격으로 신경숙의 표절 시비 등까지 겹쳐, 문단도 출판계도 무기력증을 앓고 있는 꼴이다. 이런 상황에 국제적으로 권위 있는 상을 한국 작가가 수상했다니 반갑지 않을 수 없다.

틀림없는 경사다. 우리 문학작품이 'International Prize'에서 영예를 차지하게 되었음은 한국어를 사용하는 사람으로서 자부심을 가질 만하다. 그러나 경사는 경사고, 우리나라에서 벌어지고 있는 문화적 현상에 대해서는 짚어볼 점이 없지 않다.

언론들이 한강의 수상 소식을 전한 지 하루 만에 〈채식주의자〉 판매량이 1만 권을 넘었다고 한다. 인쇄소에서는 밤새워 책을 찍어내고, 출판사 전화통에 불이난다고도 한다. 오랜 출판 불황기에 고무적인 현상이긴 하다. 그런데 그렇게 한강을 찾는 사람들이 한강에 대해서는 얼마나 알고 있으며, 한강의 문학세계를 어느 정도 파악하고 있는 것일까? 도대체 한강이라는 작가가 한국에 존재한다는 사실이라도 알고 있었을까? 또 '맨부커상'의 성격은 무엇이고, 왜 이 수상이 경사인지는 알고서, 서로 빨리 책을 사겠다고 소동을 벌이는 것일까?

언론들이 전하는 한강에 관한 정보는 기본적인 프로필뿐이고 작가 한강에 대해서는 이렇다 할만한 게 없다. 연세대를 졸업했다거나, 작가 한승원의 딸이라거나, 하는 정보들은 '작가' 한강을 이해하는 데에 아무런 도움도 되지 않는다. 그런 정보로 한 작가의 문학

세계를 파악할 수는 없다. 그보다 더 어이없는 것은 언론들이 쏟아낸 헤드라인이다. '맨부커상은 세계 3대 문학상의 하나'임을 모든 언론들이 헤드라인에 넣었다. 짐작컨대 출판사가 뿌려준 자료를 모든 언론들이 받아써서 그렇지 않을까 싶다. 이런 표현은 매우 감각적이어서 한강의 수상이 국가적 경사임을 당장 피부로 느끼게 하지만, 잘 생각해 보면 조금은 문화적 열등감을 내포하고 있다. 출판사에겐 대단한 광고자료가 되겠지만.

앞에서 한국어를 사용하는 사람으로서 자부심을 느낄 소식이라 했지만, 사실 'Man Booker Prize'는 영어로 쓰인 작품에만 주는 상이므로 한국어 자부심 운운은 맞지 않는 표현이다. 한강의 〈채식주의자〉가 수상을 한 까닭은, 아일랜드, 인도 등 영 연방 작가들의 작품으로 심사대상을 넓혀온 이 상이 영어로 번역된 외국작품을 대상으로 한 국제상을 신설, 분리했기 때문이다. 그 첫 해에 영어로 번역, 출판된 〈채식주의자〉가 선정된 것이다. 그러므로 엄밀하게 말하면 이 상은 번역을 잘한 작품에 주는 상이다. 따라서 진정한 영예를 얻은 사람은 번역자 데버라 스미스라 해도 무방하다.

이 상의 성격상, 노벨문학상과 비견할 건 아니다. 노벨문학상 수상 작가를 한국 작가가 꺾었다 식의 표현은 소가 웃을 일이다. 이 상의 선정과정이나 그간의 수상작품들을 보면, 맨부커 상의 권위를 부정할 수는 없다. 그렇다고 해서 영어를 쓴 작품에만 주는 상을 세계 3대 문학상이라 떠드는 것은 유럽 대륙 문화에 대한 아시아인의 상대적 열등의식을 드러낸 것이 아니겠는가? 요즘 한국인은 상업적 문화 분야에서는 우월의식을, 고전적 문화 분야에서는 상대적 열등의식을 드러내곤 한다. 음악이든 무용이든 수상 소식에 유난스럽게 반응하는 것이 그 반증이 아닐까 싶다.

가끔 국문학과 교수인 나에게 이런 질문을 하는 사람들이 있다. "왜 우리나라에서는 노벨문학상 수상자가 없는가? 일본은 세 사람이나 배출했는데…" 물론 노벨상이라는 게 단순하진 않다. 글만 잘 쓴다고 수상자가 되지 않는다. 번역이 잘 되어 세계적으로 알려져야 하고, 작가는 꾸준하게 일정한 수준을 유지해야 한다. 무엇보다 중요한 것은 보편적인 관점에서 특별한 문제의식을 갖고, 전인류적인 범주에서 문학적 아름다움을 창조할 수 있어야 한다. 그러려면 그 아름다움을 향유하고 소통할 독자대중이 있어야 한다. 또 노벨문학상을 수상한다는 게 뭐 그리 중요한 일이지도 않지만, 일본에는 수상작가가 셋이나 있는데 우리나라에는 없는 이유는, 일본에는 넓은 독자대중이 있는데 우리나라의 독자대중은 얇다는 데에 있다.

'지금' 한강을 찾는 사람들은 책을 사두고 제대로 읽지 않을 것이다. 그리고 문학에 가까이 다가갈 엄두도 내지 않을 것이다. 평소에 책을 읽지 않는 사람들이 세계 3대 운운에 열광하는 것은 그다지 바람직한 문화적 모습이 아니다. 이번 수상이 진정으로 문학을 이해하고 사랑하는, 일시적 독자가 아니라 폭넓고 꾸준한 독자대중을 형성하는 계기가 되었으면 좋겠다.

최수철

– 〈거제, 포로들의 춤〉과 한국인의 난민 인식

최근 최수철의 단편소설 〈거제, 포로들의 춤〉이란 작품을 읽으면서, 느닷없이 세계적인 화제가 되고 있는 난민의 문제를 생각하게 되었다. 〈거제, 포로들의 춤〉은 한국전쟁 당시 거제도 포로수용소에서 찍은 것으로 추정되는 한 장의 사진을 소재로 한 소설이다. 포로들이 가면을 쓰고 미국인들이 즐기는 단체 춤을 추는 장면이 카메라에 잡혀 있다. 이 사진에 대한 추적으로 채워지는 소설의 내용은 포로수용소 내부에서 벌어졌던 이념의 대립과 그로 인한 또 다른 전쟁을 이야기하고 있다.

포로수용소에서 이념을 포기하지 못하거나 선택하지 못한 많은 이들이 제 3의 국가로 빠져나갔다. 최인훈의 〈광장〉은 그런 인물을 주인공으로 삼은 소설이다. 이들은 오늘날의 시각에서 보면 바로 난민들이었다. 우리나라도 많은 난민을 세계로 내보냈던 것이다. 전쟁이 있으면 난민이 생기기 마련이다.

그러고 보면 '난민'이란 한자어는 오해를 불러일으킬 소지가 많은 단어다. 한자어를 그대로 풀면, 곤란한 사람, 어려운 사람, 다르게 말하면 먹고 살기 힘든 사람 정도로 해석된다. 그러나 국제적인 의미에서 난민이란 정치적, 이념적으로 돌아갈 곳이 없는 사람이다. 난민이라 칭하면 왠지 불편한 느낌을 주게 된다. 돌보아주고 보호해주어야 할 대상이 아니라 피해야 하고 멀리해야 할 존재들로 느껴지기 싶다. 그래서 그런지 난민에 대한 한국인의 인식은 상당히 부정적인 듯하다. 우리 역시 난민으로 세계 여러 나라의 도움을 받았던 불행했던 역사는 잊어버린 채.

언론에서는 매일 난민 문제가 보도되고 있다. 유럽이 난민으로 몸살을 앓고 있다는 것이다. 시리아 내전

이후 급격하게 늘어난 중동, 아프리카 지역의 난민 수용을 두고 유럽 국가들 사이에 갈등이 확산되어 가는 추세다. 이제 난민 문제는 유럽의 지역적 문제에 그치지 않고 세계적인 문제로 떠오를지 모른다. 독일이 대폭 난민을 수용하겠다고 하고, 미국도 긍정적으로 문제해결에 임하겠다고 한다. 그러나 기하급수적으로 늘어나는 난민은 전 세계적인 과제가 되고 있다.

따라서 한국도 이들 난민들의 문제를 남의 이야기로만 삼기 어렵다. 그럼에도 난민에 대한 우리의 관심은 그다지 높지 않다. 대부분 '우리나라에 난민신청자가 있을까, 있다면 얼마나 될까, 또 우리나라는 난민을 수용할 수 있는 국가일까?' 이런 문제들에 관심을 두지 않는 듯하다.

한국은 아시아 국가들 중 유일하게 난민법을 제정한 국가이다. 그런 점에서는 난민 문제에 상당히 앞선 편이다. 일본은 난민을 지원하기 위한 기금을 엄청나게 내고 있지만 난민은 한 명도 받아들이지 않았다. 돈으로 해결하려는 일본다운 이기적 처세법이다. 중국 역시 난민을 위한 법을 마련하지 않았기에 앞으로 상당한 논란을 야기할 것이다.

그런데 난민법을 제정한 우리나라가 난민에 대해서는 얼마나 열려 있을까? 난민법은 2012년에 발의, 제정되어, 2013년 7월 1일부터 시행되었다. 난민법이 제정되었기에 많은 난민신청자가 들어왔지만 실제 난민을 받아들인 비율은 매우 낮다. 최근 국감에서 나온 자료를 보면, 5년간 난민신청자는 9155명이었고, 이 가운데 난민인정자는 331명(3.6%)에 불과했다. 유엔난민기구(UNHCR)에서 집계한 평균적인 세계 난민인정률이 '38%'임을 보면 매우 낮은 수준이다.

우리나라에 들어오는 난민신청자 수는 해마다 늘었다. 지난 2010년 423명에 불과했던 난민신청자 수는 2011년 1011명으로 늘었고, 2012년 1143명, 2013년 1574명, 2014년 2896명으로 늘어왔다. 올해도 6월까지 2108명이 난민 인정을 신청했다고 한다. 난민인권센터에는 여러 가지 부당함과 어려움을 호소하는 난민신청자들의 민원들이 쌓이고 있다 한다.

이처럼 난민을 잘 받아들이지 않는 데에는 난민에 대한 우리의 불편한 인식이 깔려있지 않을까? 이제는 난민에 대한 우리의 인식을 바꿔야 할 때가 되었다. 우리가 선진국으로 들어가려면 곤란을 겪는 세계인에 대한 포용력을 길러야 하지 않을까 싶다.

시나리오 작가 최고은
- 젊은 예술가들이 마음 놓고 창작만 할 수 있다면

지난 2011년 겨울, 어느 시나리오 작가의 죽음이 영화계와 예술계에 전해지면서 충격의 파장을 일으켰다. 한창 활동할 나이인 32세에 작고한 시나리오 작가 최고은 씨가 숨을 끊게 된 것이 '먹지 못해서'였다고 알려졌기 때문이다.

경찰은 부검 결과 갑상선 기능 항진증과 췌장염을 앓던 최씨가 수 일째 굶은 상태에서 치료를 받지 못해 숨진 것으로 보인다고 발표했다. 그러나 이 죽음에 관심을 갖게 된 일부 영화인들은 사실은 최고은 씨가 투약과 취식을 거부함으로써 영화계의 부조리와 모순을 고발하려 한 것이라 주장했다.

그녀의 차가운 월세방 문 앞에는 다음과 같은 메모가 붙어있었다 한다.

"사모님 죄송합니다. 또 1층입니다.

사모님, 안녕하세요. 1층 방입니다. 죄송해서 몇 번을 망설였는데...

저 쌀이랑 김치를 조금만 더 얻을 수 없을까요...

번번이 정말 죄송합니다. 2월 중하순에는 밀린 돈들을 받을 수 있을 것 같아서 전기세 꼭 정산해 드릴 수 있게 하겠습니다. 기다리시게 해서 죄송합니다.

항상 도와주셔서 정말 면목 없고 죄송하고... 감사합니다.

1층 드림"

서울 인근의 방 하나 부엌 하나짜리 월세방에 살았던 최 씨는 이혼한 부모님을 떠나 혼자 살면서 독학으로 학업을 마쳤다고 한다. 시나리오 작가로서의 창작적 재능은 타고 나서 엘리트 영화인을 양성하는 한국예술종합학교 영상원에서 시나리오 전공으로 졸업했다. 2006년에는 아시아국제단편영화제에서 〈격정의 소나타〉란 작품으로 '단편의 얼굴상'을 수상하기도 했다.

문제는 그녀의 그 타고난 천재성과 현실을 극복하려는 억척스러움이 인간적인 삶을 보장해주지 않았다는 점이다.

생전에 5편의 시나리오를 썼지만 한 작품도 영화로 결실을 맺지는 못했다. 어느 제작자나 감독도 그의 작품을 선택하지 않았다. 최 씨의 시나리오에 관심을 가진 감독도 있었지만, 우리나라 영화산업의 현실은 시나리오 작가의 궁핍을 방조하고 말았다. 유명하거나 잘 알려진 작가의 경우에는 대우가 다르겠지만, 최 씨 같은 경우에는 시나리오가 선택되어 영화화 되면 약 3천만원의 고료를 받는다고 한다. 그러나 영화가 완성되지 못하면 고료를 받지 못하는 퇴행적 구조를 유지하고 있다.

시나리오 작가들은 배가 고플 수밖에 없다. 시나리오 작가들뿐만 아니라 스텝들도 마찬가지다. 정부에서 조성하는 영화발전기금이 있지만, 영화제작의 환경 개선에 쓰인 돈은 약 6% 정도밖에 되지 않는다는 보도도 있었다. 많은 돈들이 이른바 돈 되는 작품을 만드는 영화사나 영화인들에게 돌아가고 정작 도움이 필요한 청년 영화인들은 굶주리고 있다. 최 씨의 죽음에 영화인들이 충격을 느낀 것은 그게 남의 일만은 아니기 때문이다. 천만 관객을 넘기는 한국영화들이 줄을 서고 있지만, 정작 온기가 필요한 젊은 영화인들에게 돌아가는 몫은 거의 없다. 공룡화된 기업들이나 제작자들은 엄청난 수익을 올리고 있지만, 그 이면에는 굶주리다 숨을 끊을 수밖에 없는 불쌍한 영화인들이 숱하게 생겨나고 있다.

최근 서울시는 '서울예술인플랜'이란 정책을 발표했다. 예술인들이 생계문제로 경력 단절이나 예술 자체를 포기하는 일이 없도록, 오로지 창작 활동에만 몰두할 수 있도록, 젊은 예술인들을 2020년까지 지원하겠다는 정책이다. 바람직한 방안이 아닐 수 없다. 특히 경력이 많지 않아 복지 사각지대에 놓인 청년예술가들을 지원하는 데에 중점을 두고 있다는 점은 더욱 관심을 갖게 한다.

그러나 이 제도가 얼마나 예술 창작인들에게 실질

적인 도움을 줄지는 아직 미지수이다. 지금까지의 관례로 보자면 인기 영합을 위한 술책에 불과한 경우가 많았고, 결국은 고위공직자들에게 줄을 대는 사람이 돈을 타가는 눈먼 돈이 될 우려도 없지 않기 때문이다. 제발 이런 좋은 정책들이 제대로 시행되어서 젊은 예술가들이 마음 놓고 창작활동을 할 수 있는 인프라 조성에 이바지하게 되기를 바랄 뿐이다.

노벨문학상 수상자 밥 딜런
– 관점의 혁신, 혁신의 함정

스웨덴 한림원이 2016년 노벨문학상 수상자로 밥 딜런을 선정했다. 아무도 예상하지 못했던 파격적 결정이라 이런저런 찬반 논쟁이 뒤를 이었다. 정작 밥 딜런은 이에 응답하지 않아서 수상을 거부할 것이라는 예측까지 나온 바 있다. 이번 노벨문학상은 아마 오랫동안 세계문학계에 파문을 남길 것이다.

밥 딜런의 노벨문학상 수상을 환영하는 사람들 중 다수는 이 결정이 문학의 영역을 새롭게 확장한 혁신적 시각이라 하면서, 시와 노래의 융합이라 할 이 관점이 시대적 변화를 수용한 것이라 주장한다. 과연 그럴까? 요즘은 혁신, 변화, 융합 등의 용어들이 유행처럼 쓰이고 있다. 그 개념들을 받아들이는 사람은 시대의 변화에 창조적으로 대응하는 것이고, 그러지 않는 사람은 고루하고 현실에 무감각한 것으로 비춰지고 있다.

혁신도 중요하고 변화도 중요하다. 하지만 그 혁신과 변화를 추구하는 정신이 어디에 기반을 두고 있는지 확인하는 일도 중요하다. 최근 미르재단과 K스포츠재단 문제로 정치권이 시끄러운데, 미르재단 관련 기사를 읽다보면 유행에 쫓는 것을 혁신으로 착각하는 하나의 현상을 보여주지 않나 싶다. 한국의 댄스 그룹이나 싸이의 노래가 세계적으로 인기가 있다는 이유로 그런 음악이 시대의 변화를 대표한다고 주장한다면 난처한 일이다. 그런 유행적인 문화를 잘 받아들여야 창조가 된다는 인식은 창조의 핵심을 맡을 주객을 전도시키게 된다. K-pop이나 싸이가 싫다는 뜻이 아니다. 나도 그런 음악을 즐기지만, 대중적 문화를 즐기는 것과 그것을 정신의 핵심에 두려는 정책적 시도에는 큰 차이가 있는 것이다.

나의 개인적인 소견을 밝히자면, 이번 노벨문학상 결정이 야기할 '문학의 가치에 대한 여러 인식 변화 문제'들을 우려하지 않을 수 없으므로, 이 결정에 대해 무작정 '관점의 혁신'이라고 박수만 칠 수는 없다. 우선 노랫말이 문학이 될 수 있는가를 따지자면 당연히 그럴 수 있다. 또 김소월이나 정지용의 시로 노래를 만들어 부르는 것도 가능하다. 서정시란 원래 노래였던 것이다. 노래로 부르던 것을 글로 바꾼 것이 시다. 따라서 호머나 사파를 예로 들어 시가 노래였음을 강조한 한림원의 설명은 오히려 시대착오적이다(그 시대의 서사시와 지금의 서정시는 완전히 양식적으로 다르다.). 지금도 시는 노래이다. 그러므로 노랫말이 문학의 범주에 든다는 관점이 그다지 혁신적인 것도 파격적인 것도 아니다. 예부터 그래왔으니까.

그렇다고 모든 노랫말이 다 문학적 가치를 지니지는 않는다. 문제는 밥 딜런 같은 대중가수에게 노벨문학상을 주는 게 타당하냐 하는 데에 있다. 밥 딜런의 노랫말이 '문학이 될 수 있느냐 아니냐' 하고 따짐은 논점의 핵심을 벗어난 것이다. 이번 수상작 결정에

찬성하는 사람들은 노랫말도 문학이 될 수 있다는 주장보다는 '왜 밥 딜런인가'에 대해 설명해야 한다. 다들 "밥 딜런이 좋다, 감동적이다."라고 하지만 왜 그런지에 대해서는 아무도 설명하지 않는다.

'미국의 위대한 음악 전통 속에서 새로운 시적 표현'을 이루어내었다는 한림원의 수상자 선정 이유는 모호하기만 하다. 원래 심사자들의 선정 이유는 추상적이기 마련이다. 하지만 그 추상성은 모든 사람들이 받아들일 수 있는 타당성을 갖추기 위해 필요하다. 도대체 '미국의 위대한 음악 전통'이 무엇인지 알 수 없고, 그것과 밥 딜런이 어떻게 연결되는지 모르겠다. 또 문학성을 지녔다고 손꼽히는 그의 노래들은 대부분 70년대에 발표되었는데, 40년이 지난 지금 와서 그의 노랫말이 어떤 점에서 새로운 시적 표현을 보여주었다는 것인지도 알 수 없다.

나는 한때 레오나드 코헨, 밥 딜런, 닐 영 같은 가수들을 좋아했다. 그들의 노래가 문학적이었으므로. 그 노래들이 안고 있는 반전, 평화주의 정신도 아름답게 느껴졌다. 그러나 냉전시대를 관통하던 그 음악들이 과연 지금 시대에도 위대한 것일까? 그들의 대중음악이 역사를 초월하는 힘을 가진 것일까? 이런 물음에는 긍정적으로 대답하기 어렵겠다.

그렇다고 스웨덴 한림원이 흥행을 위해 충격요법을 썼다는 식으로 해석하고 싶지는 않다. 그것은 노벨문학상에 대해 너무 모멸적인 해석이 될 것이다. 다만 순수하게 결정했지만, 그 결정의 뒤편에 혁신에 대한 조급함이 깔려있지는 않을까 하는 것이 우려스럽다. 혁신도 좋고 변화의 수용도 좋지만, 아니 그런 변화가 중요할수록, 가치의 핵심을 중심에 두고 인간의 가치와 문화를 무게를 지키려는 의식이 더 필요하다. 이런 생각을 이번 노벨상 소식을 들으면서 가장 먼저 하게 된다.

마광수
– 그는 정치 싸움의 희생양이었다

마광수 교수가 자살로 생을 마감했다. 언론들은 〈즐거운 사라〉 사건을 들먹거리면서 잊고 지냈던 우리 사회의 상처 한 가닥을 들춰내지만 우리는 얼마 안가 다시 잊어버릴 것이다. 그의 죽음을 안타까워하는 사람들도 그 상처를 되새기고 싶어 하지는 않을 것 같다.

어느 신문을 보니까 〈즐거운 사라〉를 음란물로 판결했던 당시의 재판 상황을 추적한 기사가 있다. 수사를 지시한 것은 현승종 당시 국무총리, 담당검사는 당시 서울지검 특수부 김진태 검사였다. 피고의 변호사는 한승헌 씨였다. 보수 세력과 진보 세력의 대표주자들이 한판 싸움을 법정에서 벌였던 것이다.

당시 재판부는 이 작품을 음란물로 판정해야 할지에 대해 전문가들의 감정을 받았다. 감정인들은 민영태 고려대 스페인어과 교수, 하일지 작가, 신승철 시인(정신과 의사), 안경환 서울대 법대 교수, 이태동 서강대 영문과 교수였다. 민영태, 하일지, 신승철 씨는 이 작품의 성묘사가 주제와 관련성이 있고 사회의 성관념에 배치하지 않으며 성범죄를 유발할 가능성이 없다는 의견을 낸 데 반해, 안경환, 이태동 씨는 반대 의견을 제시했다. 문학에 대해 전문가로 봐야 할 세 사람의 문인이 음란물로 판결해서는 안 된다는 의견을 제출했음 불구하고 판사는 유죄로 판결했다. 이 판결에 강하게 영향을 미친 것은 서울대 법대 교수였던 안경환 씨의 감정문이었다. 안 교수는 이 작품이 예술적 가치를 상실한 법적 폐기물이라고 판정했다. 말하자면 강하게 보수적 입장에서 의견을 피력했던 것이다.

그 안경환 씨가 문재인 정부의 법무부 장관으로 내정되었다가 낙마했다. 그가 쓴 책 때문이다. 〈남자란 무엇인가〉라는 책에서 여성을 비하하는 내용의 문장이 다수 발견되었기 때문이다. 마광수의 〈즐거운 사라〉에 그다지 엄정한 잣대를 내세웠던 이가 진보 정부의 법무부장관 후보로 뽑힌 것도, 또 그가 책 때문에 낭패를 봤다는 사실도, 참으로 아이러니하게 느껴진다. 결정적으로 낙마하게 된 원인은 과거 어느 여성의 의사에 반해 위조한 도장으로 강제 혼인 신고를 했다가 혼인 무효 소송을 당한 사건이었지만.

나는 그때도 지금도 마광수 구속은 정치적 행위였다고 생각한다. 숱한 황색잡지들이 판을 치고, 말할 수 없이 음란한 동영상들이 마구 떠돌아다니는 세상이 아닌가? 그 음란물들을 방치해두면서 작가 한 사람을 내동댕이치면 퇴폐 사회가 건강해진다는 것인가?

그 당시에는 보수 진영이 정치적으로 불안한 시기였다. 뒤이어 김대중, 노무현 대통령이 당선된 것이 그것을 증명한다. 마광수의 구속은, 말하자면 보수 세력을 집결시키기 위한 나팔소리였다. 그 나팔소리에 유림, 성균관, 보수 문화인들이 물밀 듯이 밀고나와 마광수를 구속하라고 외쳤더랬다. 당시 정권은 마광수 구속

반대를 외치는 시위대를 용공 세력으로 몰았다. 정치 싸움이 가냘픈 아웃사이더, 인기 작가 한 사람을 희생시킨 것에 불과하다. 마광수는 혁명가도 아니고 투쟁 작가도 아니었다. 정치에는 관심이 없었으며, 그냥 자기 목소리로 사회 통념에 저항하는 시와 소설을 썼을 뿐이다.

오랫동안 책장 한 구석에 방치해두었던 마광수의 소설 〈광마일기〉를 꺼내 본다. 그러다가 그가 쓴 후기 한 자락을 곱씹어 본다. 그는 이렇게 썼다.

"나는 소설이 주는 재미의 본질이 결국은 '감상(感傷)'과 '퇴폐'에 있다고 생각한다. 아무리 복잡한 사상을 담고 있는 작품일지라도 그런 주제의식은 '포장'이 될 수밖에 없고, 기둥 줄거리를 통해 독자가 얻는 카타르시스의 본질은 '감성을 억압하는 엄숙한 이성으로부터의 상상적 탈출'과 '답답한 윤리로부터의 상상적 일탈'을 통해 얻어지는 '감상'과 '퇴폐'에 있다. 거기에 곁들여 추가되는 것이 있다면 '과장' '청승' '엄살' '능청' '비꼼' '익살' 같은 것이 될 것이다."

문학은 억압으로부터 탈출하고 윤리로부터 일탈하

려는 상상력의 산물이다. 비록 상상력이 만들어내는 감상과 퇴폐가 지나치게 과장되고, 심하게 능청스러웠지만, 마광수의 문학은 그 자체로 예술적 시도로 기억되어야 한다. 더 이상 학문, 문학, 예술이 정치의 희생양이 되는 일은 일어나지 않기를 기원한다. 마광수의 죽음을 애도하면서.

반시계루
- 건축에 인문학을 결합시키면

　포항 지진으로 많은 사람들이 대피 생활을 하고 했다. 1800명이 넘는 피해자가 임시대피소인 흥해 체육관에서 생활하였다. 일부는 2~3인용 텐트촌으로 옮겼지만, 다수는 아직 체육관의 차가운 바닥에서 모든 사생활이 노출된 상태로 오래 지내고 있었다. 포항 지진 발생 며칠 후 연합뉴스는 두 장의 사진을 대비시킨 기사를 내보내면서 '도떼기시장 같은 대피소, 이게 최선인가요?'라는 제목을 달았다. 그 기사의 두 사진 중 하나는 이재민들로 붐비는 흥해실내체육관의 어수선한 장면을 담았고, 다른 하나는 2011년 일본 고베 대지진 직후 종이칸막이가 설치되어 사생활을 보호하면서 주변도 깨끗이 정돈되었던 당시 임시대피소의 모습을 담았다.

두 사진을 대비해 놓으니까, 흥해실내체육관의 임시대피소는 더욱 심란해 보인다. '이재민들은 이런 환경에 놓일 수밖에 없는 것일까?' 하는 의문이 자연스레 들게 된다. 당연히 비교상대인 일본의 임시대피소에 눈길이 간다. 일본 고베 대지진 당시 임시대피소는 반 시게루가 설계한 건축 작품이었다.

반 시게루는 2014년에 프리츠커 상을 수상한 일본의 건축가이다. 프리츠커 상이란 흔히 건축계의 노벨상이라 불리는, 매년 가장 의미 있는 건물을 설계한 건축가에게 시상하는, 건축가들이 가장 명예롭게 여기는 상이다(이 프리츠커 상을 일본 건축가들은 일곱 해나 받았지만, 우리나라는 한 해도 수상자를 내지 못했다). 반 시게루는 1994년 르완다 인종 대학살 때 종이 난민 수용소를 지어 세계의 주목을 이끈 바 있다.

그는 그 수용소를 통해 건축 디자이너들이 사회를 위해 가져야 할 책임감에 대해 고민해야 함을 보여주었다. 남들이 관심을 갖지 않는 건물에 고민을 담았다. 수용소나 임시대피소처럼 남들이 건물로 쳐주지도 않는 시설을 가장 아름답고 편한 건축물로 창작했다. 그 시설이야말로 가장 힘들고 어려운 사람들의 안식처가 되어야 한다는 사명감을 느꼈기 때문이다. 더구나 대피소를 건축할 때 건축 재료로 재활용 종이를 사용함으로써 건축 예술의 사회적 가치를 일궈내었다. 반 시게루는 종이도 혁명적인 건축 재료가 될 수 있음을 역설했다. 종이를 말아서 관을 만들면 방수성도 가능하고 가격도 저렴할 뿐만 아니라 내구성도 뛰어나다는 것이다. 그 종이관으로 반 시게루는 재활용 가능한 건축물을 만들어내고 있다.

대표적인 사례가 2011년 뉴질랜드 크라이스트처치 대성당의 임시 성당이다. 크라이스트처치는 뉴질랜드 남섬의 대표적인 도시인데, 강도 6.3의 지진이 덮쳐 크라이스트처치가 자랑하던 고딕양식의 대성당이 무너졌다. 반 시게루는 세계 최초로 판지를 사용하여 거대한 A자 모양의 임시 성당을 견고하게 만들었다. "건축가는 사회를 위한 일을 해야 한다. 재해로 삶의 터전을 잃은 사람들에게 기능적이면서 아름다움 건축을 제공하고 싶었다."는 것이 반 시게루의 생각이었다.

르완다로, 고베로 달려갔듯이, 그는 재해를 입은 사람들에게 아름다운 건축물을 안겨주려는 역발상으로 세상에 기여하고 있다. 어려움에 처한 이들, 집을 잃어버린 이들을 위해, 더구나 오랫동안 이름을 남길 건축물이 아니라 임시로 사용할 대피소를 위해 두말 않고 달려간다는 그 정신이야말로 예술가의 혼을 보여주는 것이다.

일본이 이런 건축가를 배출한 것은 늘 지진의 위험에 노출되어 있어서 그런 건 아닐까 하는 생각도 한다. 이제 우리나라도 지진의 재해에서 자유롭지 못하다. 그럼 우리나라에서도 재해에 대응하는 건축물들이 나오게 될까? 평창 올림픽 당시 호텔이 부족하다는 뉴스를 보고 반 시게루가 했듯이 판지와 플라스틱 등 재활용 재료로 친환경적인 임시 숙박시설을 평창에 만들면 어떨까 하는 엉뚱한 생각도 해봤다. 짧은 시간 안에 예쁜 건축물 확보가 가능함을 반 시게루는 입증하지 않았는가?

진실로 중요한 것은 건물 안에 사람의 삶을, 가치를 담는 정신이다. 건축과 인문학이 만날 때, 반 시게루의 정신은 더 널리 세상을 편안하게 해 줄 것이다.

칼릴 지브란
– 열정 없는 이성, 이성 없는 열정

어김없이 봄이 오면, 새 계절의 시작과 함께 새로운 학기가 열린다. 풋풋한 풀내음이 캠퍼스에 퍼져나듯이 새내기의 의욕적인 모습이 캠퍼스에 활기를 채우고 있다. 새로운 출발은 언제나 아름답다. 그 아름다움은 열정의 에너지를 지닐 때 더욱 빛난다.

그러나 열정이 단순한 욕망을 위한 에너지가 되어서는 안 된다. 열정은 이성을 만날 때 비로소 값어치를 지닌다. 이성으로 무장한 열정이 비로소 우리가 살아나가는 바른 힘이 된다.

칼릴 지브란이라는 작가가 있었다. 지브란은 1883

년 레바논에서 태어났다. 비교적 유복한 가정에서 성장했지만, 수에즈 운하가 열린 뒤부터 사막에서 교역을 담당하던 대상들의 일거리가 없어지면서 많은 사람들이 유럽이나 미국으로 이민을 갈 때 아버지를 제외하고 전 가족이 미국으로 이민을 가는 바람에 고향을 떠났다. 미국 보스턴에서 영어를 배웠지만 그는 아랍의 문화와 정신으로 돌아가고 싶어서 혼자 고향으로 돌아가 아랍어와 프랑스어를 공부하면서 아랍문학을 창작했다. 그러나 몇 해 사이에 누이, 형, 어머니가 연이어 사망하는 불행을 겪자 프랑스 파리에서 그림을 그리는 동시에 저작 활동에 몰두했다. 파리에서는 로댕을 만나 3년간 미술 공부에 열중했다고 알려져 있다. 가족의 죽음을 연이어 겪은 그가 삶과 죽음을 비롯하여 인간의 모든 문제에 고뇌하던 20년의 세월을 거쳐 낸 책이 1923년에 출간된 〈예언자〉이다. 영어로 쓴 이 산문시집은 전 세계의 주목을 받았다.

〈예언자〉는 산문시 형태의 글이어서 번역하기가 쉽지 않다. 120여 페이지의 작은 문고판 크기의 책이므로 분량은 얼마 되지 않지만, 꼭 필요한 언어로만 축약

된 이 책의 문장들을 완벽하게 번역하는 일은 불가능할지 모른다. 그럼에도 충분하게 글쓴이의 생각이 잘 잡힌다. 어려우면서도 쉽게.

〈예언자〉에서 지블란은 '열정과 이성'에 대해 다음과 같이 썼다.

"그대들의 영혼은 때로 이성과 판단력이 열정과 욕망에 맞서 싸우는 전쟁터입니다. (중략) 그대들의 이성과 열정은 바다를 항해하는 영혼의 방향타와 돛입니다. 방향타나 돛이 부러진다면, 그대들은 내던져진 채 떠돌거나 바다 한가운데 꼼짝없이 멈춰 있어야 할 것입니다.

왜냐하면 이성은 홀로 다스리기에는 한계가 있는 법이며, 열정은 주의를 기울이지 않으면 스스로를 불살라 파괴하는 불꽃이기 때문입니다.

그러니 그대들의 영혼으로 하여금 이성을 열정의 높이까지 날아오르게 하십시오. 그리고 열정을 이성의 힘으로 이끌게 하십시오. 마치 불사조가 스스로를 불사른 잿더미 속에서 다시 일어나는 것처럼 그대들의 열정이 날마다 되살아날 수 있도록."

이성과 열정은 늘 충돌하기 쉽다. 하나는 차가워야 하지만, 또 하나는 뜨겁다. 그러나 이 둘 중 어느 하나를 잃어도 우리는 인생의 항해를 지속할 수 없다. 이성은 삶의 방향을 올바르게 잡아주는 방향타의 역할을 한다면, 열정은 지속적으로 활기 있게 바다를 헤치고 나아갈 수 있게 하는 돛의 역할을 한다. 그래서 이성과 열정은 함께 우리의 삶을 끌어가는 힘이 되어야 한다. 지블란이 노래했듯이 열정을 이성의 힘으로 이끌게 해야 한다.

피에르 바야르

- 예상 표절, 천재는 앞으로 나올 글을 미리 표절한다

몇 년 전 작가 신경숙의 표절 논란이 생겼을 때, 나의 관심을 끈 것이 〈예상 표절〉이란 책이다. 파리 8대학의 프랑스 문학자 피에르 바야르가 쓴 이 책은 '상호텍스트성'을 기반으로 삼아 책읽기의 뒤집기를 노린다. "문학과 예술의 전통적 연대기를 전복하여 무한히 확장된 독서의 세계로 빠져들다"라는 긴 부제가 전복적 글쓰기와 글읽기의 전략을 드러낸다. 이 책에서 바야르가 말하는 예상 표절이란 앞선 시대의 작가가 후대의 작가가 쓸 글을 미리 표절한다는 것이다.

이를테면 소포클레스가 프로이트를, 볼테르가 코넌 도일을, 프라 안젤리코가 잭슨 폴록을, 카프카가 베케트를 표절했다는 것이다. 이때 표절이란 개념은 남의 것을 훔치는 파렴치한 행위와는 좀 다르다. 글쓰기 도둑들은 인터넷에 떠도는 글을 퍼오지만, 천재들은 고난도 표절을 해서 아직 출판되지 않은 텍스트나 잠재적 아이디어를 가져온다는 것이다. 미래에 대세가 될 논리와 아이디어, 감각을 미리 내다보는 눈이 있어야 예상 표절이 가능하므로, 천재가 아니면 할 수 없는 고급 표절이라고 주장한다.

바야르는 상호텍스트성의 방향을 세 가지로 나누었다. 하나는 고전적 영향으로 하나의 텍스트가 후대의 텍스트에 미치는 형태, 또 하나는 상호적 영향으로 서로 다른 시대의 텍스트들이 서로 영향을 주고 받는 형태, 셋째는 회고적 영향으로 후대에 나온 텍스트가 이전 텍스트에 영향을 미치는 형태다. 이에 따라 자기 이전에 나온 텍스트를 베끼면 고전적 표절이 되고, 후대에 나올 작품을 베끼면 예상 표절이 된다. 물론 쌍방 표절도 가능하긴 하다. 고전적 표절은 두말할 것 없이 글 도둑질에 해당하는 악행이다. 그러나 예상 표절은 훔치기는 하되 아직 존재하지 않은, 후대에 나올 것을 예측하여 미리 가져오는 것이므로 창의적 행위에 속한다. 그러므로 '예상 표절'이란 단어는 하나의 역설적 어법이다. 간혹 자기 시대에는 제대로 평가받지 못하다가 많은 시간이 흐른 후 좋은 평가를 받는 작가가 있다. 작가 이상처럼 흔히 우리가 시대를 앞서 가는 천재작가라 일컫는 사람들이다. 아마 이런 사람들이 바야르가 말하는 예상 표절을 한 작가가 아닐까?

사실 표절하지 않는 작가는 없다. 어느 누구도 완전히 독창적인 생각과 언어, 감각으로 글을 쓸 수는 없다. 우리가 생각하는 방식, 느낌, 표현법, 창작 기법 등 상당부분은 표절하는 것이다(사실은 이런 경우 표절이 아니라 영향을 받는다고 표현하는 게 일반적인 어법일 것이다). 작가 장정일은 아예 표절을 보호하자고 주장하기도 한다. 문제는 어떤 목적으로, 어떤 방향에서, 어떤 범위에서 표절을 행하느냐이다. 바야르가 주장하듯이 다가올 미래를 미리 내다보는 눈이 있어서 후대에 영향을 미칠 수 있다면 얼마나 좋은 표절일까?

그런데 문학이나 예술 분야에서는 가능하지만, 학문적 분야에서는 사정이 달라진다. 상호텍스트의 개념이 학술논문에서는 전혀 다른 방식으로 작동한다. 최근 천재소년 송유근 군의 논문 표절이 도마에 올랐다. 이 사건으로 표절 문제가 또다시 학계의 논란거리로 떠올랐다. 국내 최연소 박사라는 타이틀로 우리나라 영재 교육의 성공 사례가 되나 싶었는데, 그 송 군의 학위논문 중 약 70% 부분이 자기 지도교수의 논문과 중복된다고 한다. 송유근의 논문을 인정하고 게재를 결정했던 국제천체물리학회가 이를 번복하고 게재취소를 결정했기에 표절은 기정사실이 되었다.

다행히 지도교수가 자신의 잘못으로 돌리고 논문의 결론이 지닌 독창성을 옹호하면서 어느 정도 송 군의 윤리적 문제를 감싸 안았다. 앞으로 송 군이 더 좋은 논문을 쓸 수 있다면 명예회복은 얼마든지 가능하다. 또 그렇게 될 것으로 믿고 싶다. 그런데 박

교수는 표절 대상인 글이 자신의 워크샵 발표문으로서 정식 발표논문이 아니어서 인용 사실을 밝히지 않아도 되는 줄 알았다고 변명한다. 학술대회 발표문이 정식 논문은 아니지만, 추후 정식 논문이 될 것이므로 그 글을 표절했다면 예상 표절에 해당한다. 물론 바야르가 말한 창의적 예상 표절과는 전혀 상반된 의미로 그렇다.

학술논문은 표절 판단 기준이 문학, 예술의 표절과 다르다. 훨씬 직접적이면서 엄격한 절대적 잣대가 필요하다. 과학이란 분야 자체가 그것을 요구한다. 그러므로 비록 학술대회 발표문을 베낀 것이어도, 논문으로 발전할 내용임을 충분히 예상할 수 있으므로 표절이 된다. 마음으로는 아직 어린 천재 송군을 동정하고 이해하고 싶지만 머리는 그럴수록 더 엄격해야 한다고 다그친다. 지금 이 책의 글에도 표절에 해당하는 대목이 적지 않게 있을 테지만.

화가 강익중
– 한글, 섞임의 미학

몇 해 전 광화문 가림막을 설치하여 화제를 낳은 강익중 화가는 뉴욕에서 25년째 활동하고 있는 공공미술가이다. 프랑스에 있는 유네스코 본부, 이라크의 자이둔 도서관, 뉴욕 퀸스 지하철 메인스트리트 역에 작품을 설치하는 등 세계적으로 명성이 높은 그는 공공미술을 통해 세계를 혁신하려는 꿈을 가지고 활동한다.

강익중은 '공공미술은 명랑하게 하는 혁명'이라고 말하곤 한다. 어느 인터넷 사이트에서는 다음과 같은 그의 말을 인용했다. "사회 혁명을 하더라도 명랑하고 단순하게 하는 게 중요합니다. 우울하게 하면 안돼요. 공공미술은 모두에게 골고루 희망을 주는 미술이에요. '아트 포 피플(Art for People)'이죠. 그래서 시장에서 팔 수 있는 작품보다 훨씬 중요해요." 혁명이든 혁신이든 모두 다 사람을 위해서 하는 일이다. 그래서 혁명이 불안하고 신경질적이어서는 곤란하다.

그 강익중 화가가 요즘 선보이는 작업은 한글의 아름다움을 세계에 널리 알리는 일이다. 그는 파리의 유네스코 본부 빌딩에 '청춘, 이는 듣기만 하여도 가슴설레는 말이다'라는 수필 〈청춘예찬〉의 첫 문장을 한글로 써놓았다. 한글의 조형미에 주목을 한 그는 한글로 이루어진 설치미술품들을 중국 충칭의 대한민국 임시정부 청사, 이라크 자이둔 도서관 등에도 전시하고 있다.

그가 한글의 아름다움에 주목하는 이유는 한글이 지닌 조화로움에 있다. 한글은 초성, 중성, 종성이 함께 어우러져 조화를 이루는 글자이다. 그 조화에는 위와 아래, 좌와 우의 섞임이 작동한다. 뉴욕에서 활동하고 있는 예술가로서 강익중이 조화를 중시함은 당연한 일일지 모른다. 뉴욕이야말로 다양한 인종, 다양한 사상, 다양한 문화가 서로 섞여 돌아가는 곳이 아닌가? 그 속에서 자신의 가치를 지키려면 섞임의 가치를 먼저 존중하지 않으면 안 된다.

그러고 보면 강익중이 꿈꾸는 공공의 혁명이란 어쩌면 그 조화가 균형 있게 이루어지는 섞임에서 시작하는 것이 아닐까 싶다. 요즘 융합이란 단어를 많이 듣는다. 문화콘텐츠도, 사업도, 학문도 융합의 시대라고들 한다. 요 근래 인기를 얻은 영화들, 〈어벤져스〉나 〈신과 함께〉 같은 작품들의 특징은 이전의 다양한 캐릭터를 섞어 새로운 작품으로 만들어내는 데 있다. 캐릭터와 이미지와 장르가 모두 융합된 영화 작품들로서, 이른바 융합 콘텐츠의 가치를 한눈에 느끼게 한다.

스티브 잡스의 창의적 발명품들이 인문학적 상상력의 산물임은 이제 새삼 말할 필요가 없을 것이다. 잡스의 성공은 컴퓨터 과학을 독자적 학문으로 내버려두지 않고, 여러 영역들과 섞이게 했다는 데에서 시작했다. 휴매니즘 광고로 그 창의성을 인정받고 있는 광고인 박웅현은 인문학에서 광고의 아이디어를 가져온다고 했다. 상상력이 없이는 아무리 뛰어난 컴퓨터그래픽 기술을 가지고 있더라도 소비자를 감동시키는 영화나 광고를 만들 수는 없다. 이런 사례들은 융합과학의 새로운 도래를 예견하게 한다.

강익중이 꿈꾸는 새로운 사회가 어떤 것인지 잘 알 수 없지만, 아마도 그것은 한글이 우뚝 설 수 있는 조화의 세계일 듯싶다. 한글이 압도하는 세계가 아니라 한글이 하나의 아름다움으로서 제 자리를 차지하는 세계를 꿈꾸지 않을까? 그것은 비단 한글로 끝나는 것이 아니라, 변방과 중앙, 소수와 다수, 주류와 비주류가 서로를 차별하지 않고 서로 대등하게 섞이는 그런 섞임의 미학을 강익중도 우리도, 그리고 전 세계인이 꿈꾸는 것 아닐까?

아무리 돈이 모든 가치를 압도하는 세상이라고 하지만, 아직 우리에게는 인간의 가치와 아름다움, 그리고 그런 가치와 아름다움이 가능하도록 만들어주는 상상력과 창의력이 중요하다. 그것이 올바른 융합 시대에 조화롭게 자기를 지키는 길이 될 것이다.

펠릭스 곤잘레스-토레스
- 마음의 시계와 몸의 시계

몇 년 전 서울에서 쿠바 출신의 현대미술가 펠릭스 곤잘레스-토레스의 전시회가 열린 바 있다. 미국에서 1980년대부터 1990년대까지 가장 영향력 있는 현대미술작가로 꼽히는 곤잘레스-토레스는 후천성면역결핍증, 이른바 에이즈로 사망하기까지 10년 정도의 짧은 창작 활동 기간과 극도로 단출한 작품을 남겼음에도 불구하고 현대미술계에 큰 충격과 영감을 준 화가로 남아있다. 1998년 사망 이후 지금까지 60회에 가까운 개인전과 700회가 넘는 그룹전을 개최했다고 한다.

서울의 전시회 주제는 'Double'이었다. 오브제 한 쌍을 선택해서 세상에 존재하는 이중성들을 여러 시각에서 상징적 이미지를 동원해 표현하려 했다. 이를테면 '일반적으로 생각하는 정상적인 사랑과 소수자들의 사랑'(곤잘레스-토레스는 동성애자였다), '변하는 것과 변하지 않는 것', '복제와 창조' 등이다. 그의 작품들은 사라지는 시간과 소진되는 재료들을 동원해 죽음의 공포를 표현하는 동시에 역설적으로 영원히 재생하는 세계를 희구한 것으로 해석되곤 한다.

　곤잘레스-토레스의 유명한 작품 중에 '두 개의 시계'를 설치한 것이 있다. 〈무제 - 완벽한 연인〉이란 제목을 단 이 작품은 두 개의 벽시계가 나란히 붙어있는 것이다. 두 시계는 동시에 3시 20분을 가리키는데 다만 초침만은 각자 다른 숫자에 머무르고 있다. 두 개의 시계가 상징하는 것이 무엇일까?

　흔히 물리학적으로 두 개의 시계가 일치하는 일은 힘들다고 한다. 초침의 움직임이 아주 작은 오차만 생겨도 시계는 다른 시간을 지정하는 것이니까. 그러나 어차피 시간은 동시에 흘러간다. 시계의 바늘이 어느 숫자를 가리키든, 두 사람이 동시에 있다면 시간은 동시성을 가진다. 그러나 두 사람이 같은 시간에 함께 붙어 있더라도 서로 다른 생각에 빠져있다면 시계와 상관없이 두 사람은 다른 세계에 존재하는 것이다. 두 개의 시계는 두 존재의 합치에 대한 염원을 담고 있는 것일까, 아니면 완벽한 사랑의 불가능성을 드러낸 것일까?

두 개의 시계 설치 미술을 보면서 한 사람에게도 두 개의 시계가 있는 것은 아닐까 하는 엉뚱한 생각을 해본다. 육체의 나이는 늙었는데, 정신의 나이는 어린 사람들도 있다. 육체의 시계와 정신의 시계가 다른 것이다. 그래서 늙은 몸으로 어린 아이 짓을 하는 경우를 많이 본다. 50, 60대의 남자들이 초등학생을 성적 노리개로 삼아 폭력을 행사하는 일들이 그런 예이다. 반대로 육체의 나이는 젊은데, 정신의 나이는 늙은 사람도 있다. 아직 20대 청춘인데, 아파서 아무 것도 못하겠다고 엄살을 부리는 젊은이들이 그렇다. 오죽하면 '아프니까 청춘이다'라는 구호가 먹힐까?

조금만 아파도, 아니 조금만 날씨가 추워져도, 조금만 불편한 상황이 생겨도, 그것을 핑계로 강의를 듣지 않고, 제 할 일을 하지 않는 청춘이라면, 그 또한 두 개의 시계를 가지고 사는 것은 아닐까? 우리는 보통 정치인들을 향해 두 개의 시계를 가졌느냐고 비아냥거린다. 세월은 빨리 변하는데, 정치적 발상은 구시대적인 구렁에서 빠져나오지 못한다고. 그 시대에는 그 시대에 맞는 정치가 필요하다.

마찬가지로 한 개인의 삶에서도 두 개의 시계를 맞추려는 노력이 있어야 한다. 물론 초침까지 완벽하게 맞출 수는 없지만, 가능한 두 시계의 합치를 위해 각성할 필요는 있다. 마음의 시계와 몸의 시계가 따로 놀면 미래에 아무 것도 얻을 수 없다. 마음에서는 '뭔가 자기 발전을 위한 노력을 시작해야겠는데' 하면서 앞을 향하여 재깍거리는데, 몸은 어제의 환락에서 벗어나려 하지 않거나 어제의 감정에서 헤어 나오지 못한다. 그러면 시계 바늘이 재깍거리지 못하고 머물러 있다. 그러다가 앞으로 잘 나가던 마음의 시계가 동반하는 몸의 시계에 맞추려고 멈추어 버리게 된다. 그래서 그 존재는 발전하지 못하고 머물러 있게 된다. 영혼의 시간과 육체의 시간이 어긋나고, 심리적 시간과 현실적 시간이 어긋나다 보면, 어느새 시간은 자신을 떠나버리고 만다.

곤잘레스-토레스는 미국 사회의 주변인이었고 약자였다. 그는 동성애자였으며 불법이민자였다. 또 에이즈 환자였다. 그럼에도 그에게 얼마 남지 않았던 고통스러웠던 시간을 완벽한 사랑을 희구하며 싸웠다. 그가 남긴 두 개의 시계는 그래서 뼈아픈 외침이었다. 그를 생각하면서, 우리에게 두 개의 시계는 무엇인가를 확인해야 하지 않을까? 각기 다른 시계를 내 안에 걸어놓고 사는 나에게, 그 두 개의 시계는 새로운 각성을 요구한다.

내 삶을 들여 보다,
그리고
문을 열다

03

어깨동무체
– 혼행, 혼잠, 혼밥, 혼술족을 위하여

여름방학을 맞아 여기저기 여행을 다녔다. 여행을 하면서 새롭게 알게 된 점 하나는 혼자 여행하는 사람이 부쩍 늘었다는 현상이다. 아내와 함께 영월의 어라연 코스로 트래킹을 한 적이 있다. 어라연이 아름답게 내려다보이는 봉우리에서 혼자 여행 온 젊은 여자를 만났다. 잣봉을 넘어가는 이 코스는 여자 혼자 평일에 여행하기가 무난하지 않다. 평일엔 다니는 사람이 거의 없거니와, 일부는 꽤 험준한 산길이기 때문이다. 용감해 보이기도 하지만, 저러다 사고라도 당하면 어쩌려고 하는 걱정도 되었다. 무엇보다 이 깊은 산골을 혼자 여행하면 외롭지 않을까 하는 생각에 동정심도 든다. 그러나 정작 본인은 아무 거리낌 없이 사뿐사뿐 가볍게 걸어가는 것이었다.

제주도에서 게스트하우스를 경영하는 분을 만난 적이 있다. 그분 말이 둘레길이 개발된 이후로 혼자 여행하는 사람이 참 많아졌다는 것이다. 남자뿐만 아니라 여자도. 그들이 혼자 여행하는 이유는 혼자가 편하기 때문이라고 한다. 그분은 그것을 '혼행'이라 불렀다. 혼자 하는 여행이라나. 혼자 하는 여행이 나름대로 자기발견의 기회를 가질 수 있는 의미 있는 시간이 될 수는 있겠지만, 왠지 혼행객이 많아진다는 게 쓸쓸한 맛을 느끼게 한다.

혼술, 혼밥, '혼살(나 혼자 살기)'에다 '혼행'이라니. 이렇게 혼자 살아가기가 유행처럼 번지는 현상은 사회적으로 위험한 일이다. 무엇이든 혼자 하겠다는 데에는 남에게 폐를 끼치지 않겠다는 마음도 들어있겠지만, 남으로부터 방해받지 않겠다, 내 식으로 살겠다, 이런저런 신경 써야하는 일을 피하겠다는 생각들이 클 것이다. 무엇보다 갈등을 겪지 않겠다는 방어기제가 강하지 않을까 싶다. 갈등이 없으면 당장 좋겠지만, 인간 관계도 없어진다. 서로 아무 관심도 없이 혼자만 살아가는 사회는 동력을 갖지 못한다. 사람살이 자체가 혼자 할 수 없는 것이다. 사회가 이루어지면 갈등은 불가피하게 생긴다. 갈등이 있음은 역설적으로 인간다움의 교류가 살아있다는 뜻이다. 갈등을 피하기만 하면, 당장은 편하지만 인간다운 모듬살이를 잘 엮어갈 수 없다. '혼O'의 유행은 개인주의가 극단화되었음을 보여준다.

여행 중에 풍경 좋은 마을에서 밤을 지낼 때면 한 잔의 술이 불가피하다. 아무 소주나 가리지 않고 마시는 편인데, 영월의 어느 글램핑 캠핑장에서 술을 마시다 보니 손에 들고 있는 게 〈처음처럼〉이다. 평소에는 관심이 없었는데 그날은 유독 그 글씨체가 눈에 들어온다. '소주 회사치고는 참 브랜드 네이밍과 디자인을 멋있게 했네' 하는 생각이 들어 인터넷으로 검색을 해보았다.

아닌 게 아니라 그 글씨는 고 신영복 교수가 쓴 것이다. 사용료를 받지 않고 사용을 허락하자, 소주회사에서는 1억 원을 당신이 근무하던 성공회대학교에 장학금으로 기부했다고 한다. 그 글씨체를 '어깨동무체'라 부른다. 민체(民體), 연대체(連帶體)라 부르기도 한다는데, 그런 용어에는 이념의 냄새가 너무 나서 '어깨동무체'란 용어가 훨씬 마음에 와 닿는다.

그런데 이 글씨체의 특이한 점은 글자와 글자가 서로 의존한다는 것이다. 글자와 글자가 서로 떨어져 있지 않고 어깨와 어깨가 맞닿아 있다. 어떤 이들의 눈에는 연대로 보일 테고, 또 어찌 보면 민중적 힘의 원천으로도 보인다. 그래서 민체, 연대체 등의 명칭이 붙었을 것이다. 알려지기로는 당시 정보기관이 민주인사들을 간첩단으로 조작해서 사형시키려했던, 이른바 통일혁명당 사건에 연루되었던 신 교수가 감옥 안에서 붓글씨를 연마해서 창안한 서체가 어깨동무체라 한다. 당신의 어머님이 쓰시던 글씨체에서 영감을 받아 고안했다는 일화도 뒤따른다. 신 교수는 어깨동무체로 '손잡고 더불어', '함께 맞는 비', '한솥밥' 등의 서예작품을 남겼다.

신 교수는 무기징역형을 받고 고통스러운 수감생활

을 하는 가운데 쓴 편지문을 모아 〈감옥으로부터의 사색〉이라는 책을 출간했다. 그 책에 있는 내용 중 기억에서 지워지지 않는 내용 한 자락은 감옥 안에서 여름이 가장 고통스럽다는 독백이다. 너무 더우니 옆에 있는 동료가 37도짜리 열덩어리로만 느껴서 미워진다는 것이다. 감옥의 여름은 가까운 사람이 멀리 떨어지기를 바라게 하므로, 그게 가장 두렵다고 했다. 그는 감옥 안에서도 가족과 친구, 동료들에게 편지를 썼다. 함께하는 삶을 위해서.

이런 책을 읽으면서, 그도 귀찮으면 소주 한 잔을 들면서라도, 더불어 사는 삶, 그 가치와 아름다움을 되새기는 계기로 삼았으면 좋겠다. 혼자 먹는 밥, 혼자 사는 삶, 혼자 하는 여행이 편하더라도, 누군가와 함께하는 모든 것이 귀찮고 불편하고 어렵더라도, 그래도 우리는 더불어 살면서 행복을 찾을 수밖에 없는 모듬살이 존재임을 잊지 말기로 하자.

집밥 신드롬의 역설
- 집밥 찾기, 해체된 가족의 복원

 이른바 쿡방 전성시대라고들 한다. 공중파, 종합편성채널, 케이블채널 할 것 없이 요리 방송을 편성하고 있다. 이런 현상은 우리 방송 콘텐츠의 상업성을 보여주는 한 단면이다. 방송기획자들이 새로운 것을 개발하고 찾아내려하기보다 인기 높은 콘텐츠에 의존하려해서 나타나는 현상이기 때문이다. '수퍼스타 K'와 같은 오디션 프로그램이나 '아빠 어디가'와 같은 어린이 프로그램 하나가 인기를 끌면 너도나도 비슷한 형태의 방송을 편성하는 유행 쫓기를 많이 보아왔다.

 한편에서는 이런 방송편성을 단순한 상업주의로 볼

것이 아니라 하나의 사회 현상으로 읽어야 한다고 주장하기도 한다. 말하자면 오디션 프로그램의 파장은 경쟁 위주 사회의 단면에 대한 반응이고, 어린이 프로그램 홍수는 가족해체 사회의 반응이라는 것이다. 이런 해석이 옳다고 가정한다면, 최근 쿡방 신드롬은 어떻게 해석해야 할까?

요리 프로그램은 언제나 방송을 타고 있었다. 그런데 최근의 요리 방송이 지닌 특징은 유달리 집밥을 강조한다는 점이다. 외식 위주의 생활에 대한 반발일까, 혹은 혼자 사는 사람들이 늘어나는 추세를 반영하는 것일까, 또는 흩어진 가족들에게 집의 온기를 찾게 하자는 취지일까? 어떤 사회학자는 집밥 방송이 늘어나는 것을 길어지는 불경기 탓으로 돌린다. 20년 전에 일본에서도 이런 현상이 있었는데, 지갑을 함부로 열기 어려운 서민들이 느끼는 경제적 위기를 집밥이란 콘텐츠에 이용한다는 것이다.

그런데 가만히 들여다보면 이런 프로그램들이 우리들의 집밥을, 혹은 입맛을 획일화시키는 것은 아닌가 하는 의구심이 생긴다. 어느 통계를 보니까 우리나라

가정의 요리 시간이 OECD 국가 중 아주 짧은 편에 속한다고 한다. 참 이상한 통계 결과 같다. 외국인들이 우리나라 음식문화에 대해 이구동성으로 하는 말이 '한국인들은 음식을 오래 만들고 빨리 먹는다'이다. 요리에 시간이 많이 걸리는 반면에 식사시간은 짧다는 것이다. 우리 음식 자체가 여러 재료를 볶고, 삶고, 끓여야 하므로 요리에 시간이 많이 걸리는 게 당연하다. 그럼에도 요리 시간이 짧다는 것은 무슨 뜻일까? 그 통계는 우리가 외식을 너무 많이 함을 보여주는 수치다. 따라서 우리에게는 집밥이 정말 그립고 필요하다. 방송국들이 집밥 만들기 프로그램을 쏟아내는 것을 반가워해야 하는 게 마땅하다.

최근 집밥 신드롬의 대표주자인 백선생의 집밥 방송에 대해 날카로운 비판들이 나오고 있다. 많은 사람들이 열광하는 집밥 레시피에 무슨 문제가 있다는 것일까? 집밥 쿡방은 누구나 쉽게 요리할 수 있는 방법을 알려준다는 점에서 매우 효용성이 높은 프로그램이다. 예를 들면 백선생의 만능간장 덕에 중년남성들이 요리에 자신감을 크게 갖게 되었다고 한다. 그런데

이 만능간장은 모든 요리의 맛을 똑같게 만든다. 방송을 보고 만든 집밥이 '집밥' 같지 않고 외식 식당에서 먹는 '집밥 메뉴'의 음식맛이라면 그게 과연 제대로 된 집밥의 효과를 주는 것일까? 자칫하면 집밥 쿡방이 모든 집의 집밥을 획일화시킬 수도 있겠다는 걱정이 생기는 이유이다.

더구나 집밥을 내세운 음식점들이 대자본을 앞세워 생겨났다. 요리 방송을 제작하는 측이나 출연하는 셰프들의 의도가 그렇지 않겠지만, 결과적으로 쿡방 신드롬이 대자본의 놀음에 이용될 가능성이 높다. 입맛의 획일화는 더욱 외식 산업에 의존하게 만들 수 있다. 역설적으로 집밥 신드롬이 우리의 밥상을 더욱 집에서 멀어지게 할 수 있다고 주장한다면 지나친 억지일까?

정말 우리에게 필요한 것은 해체된 가족을 복원하는 것이다. 가족이 함께 머리를 마주하고 밥을 먹을 수 있는 따뜻한 가정이 경제위기의 시대일수록 더욱 절실한 법이다. 청소년이나 청년들에게는 가족의 복원을 기성세대의 임무로만 생각하는 경향이 있다. 가족은 모든 구성원이 함께 지켜야 할 존재의 터전이다. 물론 부모들의 역할이 지대하지만, 자식들 역시 가정을 회복하는 데에 마음을 합쳐야 할 일이다.

박은식의 혈서

- 한국계 미국인들의 고위직 부상

　몇 년 전 미국 오바마 정부에서 두 사람의 한국계 미국인 고위공직자가 각종 뉴스 매체의 화젯거리가 된 적이 있다. 한 사람은 미국무부 한국과장 성 김(한국명 김 성, 혹은 김성용·51)으로서, 최초의 한국계 주한 미국대사로 유력하다는 내용의 기사들이다(이후 미국 대사로 임명되었다). 성 김은 미국이 북한과 대화를 나누는 창구로서 미국의 대북정책을 실질적으로 주관하는 고위공직자이다. 그의 아버지는 주일공사를 역임한 김재권인데, 한국 정치사에서 관심 인물이 된 적이 한 번 있었다. 바로 김대중 납치사건이 일어났을 때 주일

공사를 맡고 있었고, 납치현장에 나타남으로써 의혹을 일으킨 바 있었다. 당시 김재권이 김대중 납치사건에 개입된 것인지 아닌지, 개입되었다면 어떤 역할인지 등에 대해서는 밝혀진 바 없다. 어쨌거나 한국 정치사의 가장 예민한 사건 중 하나에 관련된 인사의 아들이 미국의 최고 한국 정책 담당자란 사실은 역사적 아이러니를 느끼게 한다.

그야 어떻든 성 김이 한국계 미국인으로 성장하여 50대로 접어든 나이에 한국의 정치에 깊이 관여하게 된 지금, 그의 성장 시기를 한국의 정치사로 되돌아보면 국제적 지위로 보나 경제적 지위로 보나 문화적 위치로 보나 한국은 눈에 띄게 성장하였고 그 위상이 엄청나게 달라졌음을 알 수 있다. 1970년대 김대중 납치사건 이후 전 가족이 미국으로 이민을 간 것으로 알려졌는데, 대학을 졸업하고 행정조직에 투신, 검사에서 대사로 성장해온 성 김의 역정은 한국계 미국인의 성장 전형을 보여주는 것이다. 그가 주한대사가 됨으로써 미국이 일방적인 관리대상으로 여기던 한국을 미래의 동반성장을 위한 동반자로 인식을 바꾸게 되었음을 상징하기도 한다. 물론 성 김이 아무리 한국계라 해도 전형적인 미국 관리의 틀에서 벗어난 인물은 아니지만, 한국계 인물이 대사가 되었다는 사실 자체가 기존의 한미 외교관계와는 많이 달라질 것임을 의미한다고 보아도 무방할 것이다.

화제의 대상이 된 또 한 사람은 제니퍼 박 스타우트(한국명 박지영 · 35)이다. 미 국무부의 부차관보로 동아시아 · 태평양지역의 공공외교(public diplomacy) 전략을 담당하고 있는 여자이다. 미 연방정부의 부차관보 중 가장 나이가 어리다고 알려진 이 여자 역시 한국계 미국인이다. 최근 이 여자가 관심의 대상이 된 것은 여수박람회 등을 둘러보기 위해 귀국하면서인데, 특히 백암 박은식 선생의 증손녀라는 점에서 관심을 끌고 있다.

박은식 선생은 상해임시정부의 2대 대통령(1대 대통령은 이승만)이었고, 대한매일신보(서울신문 전신) 주필을 맡기도 한 민족지도자였다. 신채호, 장지연 등과 함께 구한말 대표적인 민족주의자이자 민족독립운동의 지도자로 손꼽히는 분이다. 유학자로서 주자학과 양명

학을 공부하였지만, 일본제국주의에게 국권을 빼앗기는 불행한 사태에 임하자 민족의 독립운동에 헌신하면서 민족의 자존을 지키기 위해 한편으로는 교육가로서 후진을 양성하고 다른 한편으로 언론가로서 〈황성신보〉, 〈독립신문〉 등에서 활동하였다.

그러나 박은식 선생이 남긴 가장 소중한 자료는 민족의 독립운동 과정을 절절하게 기록한 역사서 〈독립운동지혈사〉이다. 블라디보스토크에서 3·1운동을 바라보며 독립에 대한 신념으로 민족의 독립운동사를 적었다. '혈사(血史)'라는 단어가 뜻하듯이 독립운동을 전반적인 전개과정을 피로써 썼다 해도 과언이 아니다. 피를 토하듯이 울분으로 민족의 독립을 위한 투쟁의 역사를 절절하게 적어간 역저이다.

그러나 박은식 선생은 민족의 해방을 목격하지 못한 채 19925년 숨을 거뒀다. 증손녀 박 스타우트 부차관보는 그 할아버지가 꿈꾸던 세상을 조국에서 보게 되었다고 했다. 박은식 선생이 보고 싶어 하던 독립된 조국의 모습은 어떤 것이었을까? 과연 박은식 선생의 조국은 지금 이 시점에 완전히 독립된 것일까? 그들 한국계 미국인 두 사람의 성장과 출세가 우리에게 보여주는 것은 무엇일까?

박은식이 몸 담았던 상해임시정부의 대통령 이승만이 김구를 제치고 대한민국의 초대 대통령이 된 정치적 사건, 김대중을 살해하려던 세력의 정치적 결단과 좌절, 그리고 지금 북한의 핵무기를 둘러싼 6자회담, 이러한 일련의 한국 정치의 현대사에서 미국은 늘 관리자로서 힘을 행사하고 있다. 다만 그 정도와 상황이 변화해왔고 그에 따라 한국의 정치적 위상이 높아지고 있음은 재론할 여지가 없다.

하지만 한국계 미국인의 성장과 입신, 한국 정치에 미치는 그들의 영향력을 보면서, 아이러니하게도 이러한 현상 자체가 아직도 우리의 독립이 완전한 것이 못되었음을 반증한다는 생각도 지울 수 없다. 이제 남은 것은 조국의 완전한 독립을 위한 새로운 도약이다. 그것이 바로 우리 젊은 세대가 맡아야 의무이기도 하다. 박은식 선생이 남긴 혈서를 보면서 각오를 새롭게 다져야 할 책무이다.

대학의 교양교육

- 새로운 패러다임을 찾아야

최근 대학교육의 중요한 변화들 중 하나는 교양교육의 강화이다. 각 대학교가 교양교육원을 신설하거나 개편하면서 교양과정의 혁신을 꾀하고 있다. 고려대학교는 교양교육의 재인식을 위해 종합적 개혁을 시작했다. 건국대, 동국대 등 여러 대학교가 교양교육의 새로운 패러다임을 찾아 나서고 있다. 교육과학기술부도 기초교양교육의 전면적인 탈바꿈이 필요하다는 인식을 가진 듯하다.

교양교육이 달라져야 한다는 문제의식은 시대적 흐름과 연결되어 있다. 글로벌 시대의 인재 육성은 지식이나 기술로만 해결되지 않는다는 사실, 오히려 폭넓은 이해력과 포용력이 참된 힘을 발휘한다는 각성, 사회가 점점 포악해지고 이기주의로 오염되고 있다는 위기감 등이 새로운 인재 육성의 필요성을 부각시키고 있다. '선택과 집중' 구호가 새로운 시대의 인재들로 하여금 폭넓은 삶의 반경을 갖게 하지 못하고, 도리어 소통부재와 편협한 시각을 만들어내었다는 반성도 깔려있다.

최근 대학들이 꾀하는 교양교육의 변화들을 살펴보면, 가장 먼저 눈에 띄는 것은 융, 복합의 개념으로 교양교육의 과정을 리모델링한다는 점이다. '선택과 집중'의 교육개념이 자칫 왜곡되면 편협한 틀과 단순하고 왜곡된 세계관, 가치관을 부추길 수 있다. 그래서 전공 지식을 쌓기 전에 다양한 소양과 폭넓은 시각을 쌓게 할 필요가 있다는 인식을 갖게 된 것으로 보인다. 과학 기술과 고전의 복합적 이해, 명저 읽기를 통한 사회와 개인의 종합적 문제 찾기, 사회 읽기를 위한 독서 교육 등 융복합 소양 쌓기가 대학 교양교육의 중요한 트렌드로 부각되고 있다.

두 번째 중요한 변화는 글쓰기 교육의 강화이다. 글쓰기 교육이 중요한 이유는 학문의 연구와 전수, 수행에도 중요하지만, 실제 직업 현장에서 업무를 수행하는 데에도 글쓰기 능력이 새삼 강조되기 때문이다. 글쓰기 교육이 자칫 형식적인 강의로 그치기 쉽기 때문에, 이미 오래 전부터 큰 대학들이 글쓰기 교육 시간을 확대하고 분반을 통해 교수 1인당 수강학생 수를 현저히 줄여왔는데, 최근 거의 모든 대학들이 강의전담 교수 확충 등의 방법으로 내실화를 꾀하고 있다는 소식이다.

교양교육의 또 다른 변화는 소통, 통합을 강조한다는 점이다. 특히 글로벌 시대의 소통 문제는 새로운 경쟁력으로 부상하고 있다. 대학생들이 글로벌 인재로 발전하려면 다양한 대상들과 소통하고 문제의식을 공유할 수 있는 문화적 감각과 언어능력을 길러야 하기 때문이다. 이와 같은 변화들을 고려해보면, 우리나라 대학교들의 교양교육이 무척 뒤쳐져 있음을 우려하지 않을 수 없다. 이러한 시대적 흐름과 변화 추이에 대해 둔감해서는 취업률 향상도 어렵고, 시대에 부응하는 인재 육성도 힘들게 된다. 대부분의 대학교들은 교양 교육의 융합, 복합을 논의할 여건에 이르지 못하였고, 교양교육의 혁신을 꾀할 자리도 마련한 적이 없다.

글쓰기 교육 역시 몇몇 대학교를 빼고는 오랫동안 답보 상태이다. 한 교수가 한 강의실에서 적어도 40 명이 넘는 학생을 조교의 도움 없이 지도하고 있다. 이런 여건에서는 학생들의 글을 첨삭해 주거나 다양한 방법으로 수행 학습을 시킬 수 없다. 취업의 관문이 자기소개서, 면접, 프리젠테이션 등 언어능력에 달려 있음을 고려하면 안타까운 일이다.

교양은 개개인의 기본적 삶을 어떤 방향으로 추구해 나갈 것인가를 이끈다는 점에서도 중요할뿐더러, 직업을 갖는 과정에서도, 직무를 수행함에도 작용하는 중요한 요소이다. 이왕 교양 교육의 혁신을 추진한다면, 교양교육의 폭넓은 영향력을 학생들이 감당할 수 있도록, 실제적이고 현실적인 방안을 찾게 되기 바란다. 교양교육을 살려야 전공교육도 발전할 수 있고, 학생 개개인의 인격과 품성, 나아가 취업의 업그레이드도 꾀할 수 있다.

나눠야 얻는다
- 네트워크 시대의 공유와 소통

    싸이의 〈강남스타일〉이 성공한 이유로, 저작권료를 받지 않고 뮤직비디오의 패러디를 자유롭게 허용하였음을 꼽는 사람들이 많다. 유투브의 엄청난 조회 건수와 함께 다양한 나라에서 다양한 사람들이 다양한 형태로 수많은 〈강남스타일〉 패러디 작품을 쏟아내었다. 패러디를 만들어내는 사람들이 느끼는 쾌감만큼 그 패러디를 즐기는 사람들의 유쾌한 느낌이 〈강남스타일〉을 더 즐기게 만들었다. 많은 패러디 작품이 쏟아진 데에는 〈강남스타일〉의 뮤직비디오가 그만큼 흥미롭고 독창적이기 때문이기도 하지만, 저작권료의 포기도 큰 몫을 차지했음이 틀림없을 것이다.

최근 후속곡 〈젠틀맨〉 뮤직비디오의 패러디도 흥미로운 내용으로 선보이고 있어서, 이 노래의 흥행 성공을 쉽게 예측하게 한다. 싸이는 〈젠틀맨〉의 주 컨셉인 브라운아이드걸즈의 '시건방춤' 동작에 대한 저작권료를 지불한 것으로 알려졌다. 자신은 저작권료를 지불하면서도 자기가 창안한 영상에 대해서는 저작권을 포기하는 것은 착하거나 어리석은 일일까? 싸이의 선택은 희생이 아니라 전략이다.

이와 비슷한 경우를 여기저기서 볼 수 있다. 몇몇 대중가수들은 물론이고 시인, 소설가, 사진작가나 화가 등은 자신의 저작물을 자신의 홈페이지에 무료로 공개한다. 무료로 제공함으로써 자신의 작품을 여러 대중에게 알릴 수 있기 때문이다.

어느 대학신문을 보자니까, 〈Security Engineering〉이란 책의 저자가 자신의 홈페이지에 무료로 책 전체 내용을 공개하였다고 하면서, 이렇게 하면 '과연 책은 팔릴까, 팔리지 않을까?'를 문제로 내었다. 궁금해서 그 책의 저자인 Ross J. Anderson의 홈페이지에 들어가 봤더니 첫 줄에 이 책의 전부를 무료로 공개한다고 공지해놓았다. 이 책은 아마존에서 56.74달러에 팔고 있었다. 6만 원 정도의 책을(우리나라 인터넷 서점에서는 8만 원 정도에 팔고 있다) 무료로 공개한다니 놀랍다.

그런데 더 이상한 것은 그럼에도 불구하고 이 책을 살 사람은 산다는 현상이다. 책을 필요로 하는 사람은 정당하게 비용을 지불하고 책을 구입하고, 꼭 필요하지만 돈이 없는 학생들은 온라인에서 불편을 겪더라도 비용을 지불하지 않고 책을 볼 수 있게 한다는 것이다. 그래도 저자가 손해일 것 같지만 꼭 그렇지는 않다는 게 통계학적인 결론이다.

무료로 공개하지 않았다면 아무도 거들떠보지 않았을 책인데, 무료로 공개했기에 관심을 가지고 들여다 본 사람이 많아졌다. 그래서 그 책이 유명세를 타고, 덩달아 서점의 판매량도 올라간 결과를 가져왔다. 그렇다면 무료 공개가 꼭 손해거나 희생, 혹은 자선 행위라고 보기는 어렵다.

싸이의 전략도 바로 이와 흡사하다. 저작권에 구애받지 않고 누구나 패러디를 즐기게 함으로써, 〈강남스타일〉이란 음악이 있음을 전 세계에 널리 퍼뜨릴 수 있었다. 그러나 상업적 목적의 대중문화가 노리는 그런 '전략'으로서의 공유에 공감할 수 있지만, 소설가나 사진가, 전공서적의 저자들이 결단하는 온라인 공유는 조금은 다른 차원에서 생각해봐야 하지 않을까? 상업적 전략으로서가 아니라 순수한 예술적 작품을 순수하게 나누려는 정신에도 관심을 가질 필요가 있다.

현대는 네트워크의 시대이다. 네트워크 시대가 성숙해지면서 두 가지 단어가 이슈로 떠오른다. 공유와 소통이다. 공유의 문제만큼 복잡한 것도 없을 듯싶다. 인터넷 상의 공유는 마치 한강의 물을 떠가는 것처럼 당연하게 여기는 사람들도 있고, 자선 행위처럼 베푼다고 여기는 이도 있다. 나의 온라인 보조강의실에 아무나 들어올 수 없게 비밀번호를 걸자, 여기에 올라온 과제물을 베끼려고 들어온 많은 다른 학교 학생들이 나에게 하소연한다. 어떤 사람은 욕을 하기도 한다. 왜 공유하지 않느냐는 것이다. 정보란 공유해야 마땅하다는 전제에서, 공유하지 않는 카페지기를 이기주의

자로 매도하기도 한다.

공유가 능사는 아니다. 불순한 의도로 공유를 요구하는 이들에게 무조건 나누어주기가 선행일 리 없지 않은가? 하지만 예술적 나눔이라면 성격이 달라진다. 내가 창조한 아름다움을 여러 사람에게 나누어 줌으로써, 그들과 내가 소통할 수 있다면 그보다 더 좋은 일이 어디 있겠는가? 그렇다면 이제 인터넷시대, 혹은 네트워크 시대가 성숙해진 지금, 이제는 전략으로서 무료공개가 아니라, 소통을 위한 나눔으로서의 공유의식을 생각해봐야 할 때가 되었다. 진정한 나눔, 혹은 공유가 무엇인지, 무엇을 어떻게 나눌 것인지를 고민할 때인 것이다. 그 고민의 목표는 더 진정한, 그리고 더 넓은 소통의 세계를 열어가는 것이리라.

페니실린의 기적
- 우연의 기적 아래 깔려 있는 것

'메르스'에 온 국민이 공포에 휩싸인 바 있다. '메르스코로나바이러스'가 정식 명칭인 이 중동호흡기증후군이 다른 나라에서는 볼 수 없었던 위세를 우리나라에서 떨쳤다. 초동 대처가 잘못된 탓으로 호미로 막을 걸 가래로 막아야 했다. 이 병이 무서운 것은 치사율이 40%나 되는데도 아직 치료약이 없다는 데에 있다. 어느 공중파 방송의 뉴스 앵커는 하늘에 기도하는 게 유일한 방법이라는 말조차 했다. 빠르게 전파하는 이 병이 그만큼 무섭다는 뜻이기도 하고, 달리 방책이 없어서 무기력감을 느낀다는 뜻이기도 하다.

상황이 이처럼 어려워진 이유는 우리나라 보건당국이 관리하고 추적해야 할 대상들을 흘려버렸기 때문이다. 단단하게 붙들고 주의를 기울여야 할 현상을 아무렇지도 않게 여기고 방치함으로써 더 큰 화를 국민들이 입었다.

전문가들은 이 바이러스가 낙타나 박쥐에게서 감염되었을 것이라고 추측한다는데, 그 출발이 어쨌거나 자연이 만들어낸 게 틀림없을 것이다. 그렇다면 치료법도 자연에서 찾아야 할 터이다. 기적처럼 누군가가 빠른 기간 안에 치료약을 개발해낼 지도 모를 일이다. 인간은 언제나 자연에서 병에 대처할 방법을 찾아왔기에.

인류의 역사에서 가장 기적 같은 일은 이언 플레밍이 발견한 페니실린일 것이다. 페니실린으로 인해 인간의 수명이 급속도로 늘어났다. 잘 알려졌다시피 페니실린의 발견은 아주 우연하게 일어난 사건에서 비롯되었다. 미생물학자였던 플레밍이 일하던 실험실의 바로 아래층에서는 라투슈라는 학자가 곰팡이를 연구하고 있었다. 플레밍이 포도상구균을 배양하던 접시를 배양기 밖에 둔 채 휴가를 다녀왔더니 푸른곰팡이가 접시 위에 자라 있고 푸른곰팡이 주변의 포도상구균들이 깨끗하게 죽어있었다. 아래층의 곰팡이들이 바람을 타고 날아와서 우연히도 플레밍의 실험 접시에 앉았던 것이다.

이 작은 우연이 인류의 역사를 크게 바꿔놓았다. 그러나 '페니실린의 발견'이란 기적은 자연이 만든 우연에 의해서만 일어난 게 아니다. 그 현상을 지나쳐버리지 않고 눈여겨 본 플레밍의 관찰력이 있었기에 가능했던 것이다.

이후 플레밍은 어느 강연회장에서 이렇게 말했다고 한다. "나는 페니실린을 발명하지 않았습니다. 자연이 만들었죠. 난 단지 그것을 발견했을 뿐입니다. 내가 단하나 남보다 나았던 점은 그 대상을 흘려보내지 않고 끝까지 추적한 데 있었습니다." 맞는 말이다. '대상을 흘려보내지 않고 끝까지 추적했다'는 사실은 무척 중요하다. 누구나 할 수 있는 일 같지만 누구나 하지 못하는 일이다.

뉴턴의 사과는 이런 경우에 흔히 인용되는 스토리

텔링이다. 실제 뉴턴이 사과가 떨어지는 것을 보고 중력을 발견했는지는 알 수 없다. 뉴턴의 장례식에서도 이런 사실이 언급된 바 없고, 뉴턴의 전기에도 기록되어 있지 않다는 이유로 후대에 만들어낸 이야기라고 주장하는 이도 있다. 하지만 중요한 사실은 뉴턴의 관찰력이다. 만약 사과 이야기가 사실이 아니라면, 하나의 자연현상을 끝까지 놓치지 않고 추적한 그 공로를 이처럼 이야기로 만들어내었을 것이다.

그런데 중요한 사실은 뉴턴의 발견에도 플레밍의 발견에도 그 이전부터 축적되었던 여러 과학자들의 업적이 그 밑에 깔려있다는 점이다. 어찌 보면 우연한 일로 대단한 발견이 이루어진 것 같지만, 사실은 자연에 적응하고 진화하려는 인류의 공헌이 쌓여서 기적으로 나타난 것이다. 따라서 지금 우리를 공포에 떨게 하는 메르스도 반드시 인간의 지혜로 극복해낼 것이다.

문제는 우리의 자세, 우리의 태도이다. 눈앞에 닥친 일을 별 것 아니라고 치부하고, 추적해야 할 것을 외면한 보건당국의 행태가 사회를 두려움에 빠뜨리게 하였다면, 그 반대로 작은 일에도 눈을 크게 뜨고 끝까지 추적한 플레밍의 관찰은 인류를 염증의 공포에서 구해내었다. 자연은 우리에게 재앙을 주기도 하고, 또 구원의 손을 내밀기도 한다. 문제는 자연을 어떤 태도로 바라보느냐에 달려있다.

스티브 잡스, 혁신의 꿈
- 공학에 인문학을 결합시키기

아마 2000년 이후 가장 많이 이야기된 스토리텔링의 주인공은 스티브 잡스일 것이다. 창의력, 추진력의 승리를 상징하는 인물이자, 컴퓨터 기술을 삶에 적용하여 생활환경 변혁을 이끈 선도자였다는 점에서 관심의 대상이 되었다. 잡스에 대한 전 세계적인 관심은 한 개인의 업적에 국한하는 것이 아니라 한 사람이 세계를 바꿀 수 있음에 대한 경이로움을 담고 있다.

'잡스' 하면 무엇보다 혁신이란 단어가 떠오른다. 말하자면 잡스는 혁신의 아이콘이었다. 그가 만들어낸 혁신 기술은 새롭게 바라보기, 즉 관점의 혁신에서 나온 것이다. 그의 혁신은 기술에 한정된 것이 아니라 생각과 정신의 영역으로 확장됨을 알 수 있다.

다 알다시피 잡스가 세계에 내놓은 혁신의 열매는 크게 세 가지를 들 수 있을 것이다. 하나는 개인용 컴퓨터 시대를 연 애플Ⅱ이고, 두 번째는 아이팟을 만든 것이며, 세 번째는 스마트폰인 아이폰을 출시한 것이다.

이 세 가지 혁신적 제품들은 모두 다 생각의 새로움에서 이뤄진 것이다. 군사용이나 국가적 제어, 대기업에서나 사용되는 제어 기술의 소산이던 컴퓨터를 개인을 위한 정보 기술로 탈바꿈시킨 것이 애플 컴퓨터라면, 이는 컴퓨터를 개인의 삶에 이용될 수 있는 것으로 바꾸어 보려는 '관점의 이동'에서 나온 혁신의 결과라 하지 않을 수 없다. 음원 시장을 MP3 기계에 결합시킨 아이팟의 성공 역시 아이디어 혁신의 산물이다. 그 바람에 많은 MP3 플레이어 제작사들이 도산했지만, 결과적으로는 음악 산업을 살려낸 성과를 보여주었다. 핸드폰의 놀라운 변신인 아이폰의 출현은 또 한 번 잡스의 혁신적 성과를 세계에 과시하는 것이었다. 애플리케이션 마켓이란 새로운 시장을 지구에 출현시켰고, 단순성, 직관성, 편리성으로 새로워진 핸드폰의 진화를 보여주었다.

그러고 보면 잡스가 이루어낸 혁신의 성과들은 '기술'을 '삶'과 '오락', '생활'에 결합시키는, 이른바 공학적 기술을 인문학적 상상력으로 결집시킨, 사고의 전환에서 출발한 것이었다. 어느 누구도 생각하지 못했던, 그러나 정작 만들어내고 보면 정말 삶에 유용한, 그러한 관점의 신선함을 보여준 것이다. 그런 점에서 잡스라는 아이콘은 우리가 끊임없이 모델로 삶고 멘토로 받아들여야 할 자기 개혁과 아이디어의 전환을 보여주는 교과서이다.

이 혁신적 아이디어에는 두 가지 중요한 잡스의 사고가 깔려 있다. 하나는 개인의 삶에 대한 중요성을 인식하고 있었다는 점이고, 또 하나는 기술을 문화적으로 응용하려는 점이었다. 컴퓨터 기술을 개인을 위한 것으로 혁신하고, 기계를 바로 즐거움과 생활에 응용할 수 있도록 안겨준 그의 혁신은 개인의 삶에 기술을 문화적으로 수용한 결과였다.

그러나 잡스가 우리에게 남겨준 더 중요한 교훈은 바로 '꿈의 성취'라는 점이다. 자신이 만든 회사인 애플사에서 쫓겨나는 수모를 겪는 등 여러 힘든 고비를 겪었지만, 잡스는 자신이 가졌던 꿈을 포기한 적이 없었다. 꿈을 포기하지 않고 지켰던 한 모험가의 '새로움을 꿈꾸는 정신'이, 우리들의 삶을 새롭게 꾸며주었다. '꿈은 이루어진다'는 말을 너무 많이 듣다 보니, 그냥 아무런 감동 없이 아무렇게나 그 말을 내뱉고 있지만, 꿈이란 진정 이루어져야 하는 그런 것임을 잡스는 웅변적으로 우리에게 보여주었다. 그러나 동시에 가만히 앉아서 꿈이 이루어지는 것은 아니라는 것, 좌절과 실패 속에서도 끊임없이 도전하고 혁신하는 정신이야말로 꿈을 이루는 힘의 원천임을 우리에게 보여주었다.

지금 시대는 전쟁터에서 혁혁한 공을 올린 영웅, 위대한 무술인으로서의 영웅, 지구를 지키는 수퍼맨 영웅을 허락하지 않는다. 우리 시대의 영웅은 바로 잡스와 같이 한 사람 한 사람의 삶에 영감을 주고 개혁을 이루게 하며, 또한 그 삶을 즐겁고 편안하게

만들어주는 그런 존재이다. 그래서 잡스는 우리 시
대의 영웅이다.

케쿨레의 꿈
– 꾸준히 노력하는 자에게 창의성이 돋는다

세계 여러 나라의 우표 중에는 특이한 것들이 많은데, 그 중에 화학책에서나 보던 분자구조가 그려진 놈도 있다. 유명한 독일의 화학자 케쿨레를 기념한 우표인데, 보통 우표처럼 사람의 얼굴 사진이 박혀있지만 얼굴 옆 공간에 분자구조가 도안되어 있다.

케쿨레는 고전적인 유기화학구조론의 기초를 확립한 화학자로 많은 업적을 남겼지만, 가장 큰 업적은 1868년에 벤젠의 분자 구조식을 정한 것이다. 그런데 잘 알려졌다시피 그가 벤젠의 분자모형이 고리 모양임을 발견하게 된 아이디어는 밤에 자다가 꾼 꿈에서 얻은 것이라 한다.

케쿨레는 벤젠이라는 물질의 본질을 밝혀내기 위해 밤낮으로 연구하던 중 문득 자다가 뱀을 꿈에서 보았는데, 그 뱀이 자기 꼬리를 무는 모습으로 나타났다는 것이다. 이전에는 분자구조를 직선 형태의 모형으로만 생각했는데, 그는 이 꿈에서 고리 모양의 모형 아이디어를 얻음으로써 화학사에 획기적인 공적을 남겼다. 이 분자 구조식은 지금까지도 화학의 역사에서 가장 창의적인 발견 중 하나로 평가되고 있다.

인지과학자들은 우리 두뇌가 잠을 자는 동안에도 많은 활동을 함을 밝혔다. 어느 과학자의 실험 결과를 보면, 100명 정도의 일반인을 대상으로 아침에 천 개 정도의 그림을 보여주거나 단어를 제공해서 기억하게 하고 다른 100명은 늦은 밤에 그렇게 하도록 한 후에 며칠 뒤에 자신이 보거나 기억한 단어를 떠올리게 했더니, 놀랍게도 밤에 기억을 입력한 사람들이 훨씬 많은 단어들을 말할 수 있었다고 한다. 잠을 자는 동안에도 우리의 기억 입력은 작동하고 있었다는 것이다. 특히 인지과학자들은 우리가 잠을 자는 동안에 두뇌는 더 윤활하게 창의적 활동을 진행한다고 한다. 잠을 잘 자는 과학자나 예술가가 더 풍부한 아이디어를 얻을 수 있다는 결론이다.

케쿨레는 잠을 잘 자서 창의적 아이디어를 찾아낸 게 아닐까? 정말 그가 꿈에 뱀을 보았는지, 아니면 자면서 이루어낸 창의적 활동을 그런 식으로 표현한 것인지 알 수 없다. 아니면 그가 자면서 뱀 꿈을 꾼 것은 그냥 우연인 것일까? 케쿨레가 우연히 꿈에서 뱀을 보고 새로운 분자 구조식을 찾아내는 아이디어를 얻었다고 볼 수 있지만, 어쩌면 그는 자면서도 창의적인 두뇌활동을 계속 유지하였을지도 모른다. 그렇다고 해서 케쿨레의 이 위대한 발견이 과연 우연한 꿈의 덕택이라 생각해야 할까?

우리는 모두 자면서 꿈을 꾼다. 그렇지만 모두가 케쿨레처럼 창의적인 아이디어를 찾아내지는 못한다. 우연한 꿈이 위대한 발견을 가져다 줄 것이란 생각은 과학적이지 않다. 케쿨레의 경우 꿈에 똬리를 튼 뱀을 본 것이 계기가 되었을 수 있지만, 늘 그의 머릿속에 분자식을 찾으려는 탐색 활동이 계속 되었기 때문에 그런 아이디어를 창출해낸 것이지, 그냥 우연히 일어난 일은 결코 아니다.

불교의 케케묵은 논쟁거리로 '돈오돈수(頓悟頓修)'론과 '돈오점수(頓悟漸修)'론이 있다. 불교의 수행자들에게 최종 목표는 깨우침을 얻는 것인데 그 깨우침을 '오(悟)'라 한다. '돈오돈수'란 어느날 갑자기 깨우침을 얻어서 최종 목적지에 도달한다는 뜻이고, '돈오점수'란 갑자기 깨우침을 얻어서 오랫동안 수행을 해야 한다는 것이다. 하지만 '돈오돈수'든 '돈오점수'든 깨우침은 느닷없이 얻는 것이라 본다는 점에서는 같다.

그런데 불교의 수행자 어느 누구도 그냥 놀고만 있더라도 어느 날 갑자기 깨우침을 얻는다고 보는 사람은 없다. 오랫동안 꾸준히 수행을 하다보면 어느 순간 그 희열을 얻는 것이지 가만히 앉아서 그날이 오기를 기다리기만 해서야 불가능한 일이다. 고려의 선승 지눌은 '오(悟)'는 햇빛과 같이 갑자기 만법이 밝아지는 것이고, '수(修)'는 거울을 닦는 것과 같이 점차 밝아지는 것과 같다고 비유했다. 거울을 닦듯이 열심히, 꾸준히 닦지 않는다면 어느 순간에도 햇빛을 보듯 갑자기 훤해지는 경험을 얻을 수 없다.

창의적인 성취는 어느 순간 갑자기, 혹은 우연히 얻는 것이 결코 아니다. 아무리 잠을 잘 자고 꿈을 잘 꾼다고 해도 케쿨레와 같은 업적을 일궈낼 수는 없다. 열정을 가지고 꾸준히 자기 연구를 계속해 나 갔기에 어느 순간 꿈을 꾸는 계기로 업적을 일궈낸 것이다.

바야흐로 창의성의 시대라고 한다. 창의력이 힘이 되고 돈이 된다고들 한다. 그러나 창의력이란 것이 아무 노력 없이 선천적인 재질로 얻는 것이라고 오 해하는 사람들이 많다. 결코 그렇지 않음을 우리는 케쿨레의 발견에서 확인할 수 있다. 천천히, 꾸준하 게, 자기 길을 걷는 사람에게 창의성의 성취도 다가 올 수 있다.

시간의 소중함
- 시간이 부족하면 돈으로 메워야한다

    내가 근무하는 대학교의 수시입학 시험에서 큰 소동이 일어난 적이 있다. 정해진 시간보다 늦게 온 학생들이 많았는데, 학교 당국이 지각생들을 입실시키지 않았기에 지각생들은 시험을 보지 못했던 것이다. 입실하지 못한 학생들과 학부모들이 항의를 하는 통에 학교가 시끄러웠다. 학생에게는 일생이 걸린 중요한 시험인데 조금 늦었다는 이유로 시험을 못 보게 한 학교의 처사가 너무 심했다는 비판 여론도 있었지만, 대체로 원칙을 지킨 학교 당국의 처사를 지지하는 여론이 더 많았다. 개인적 행사도 마찬가지지만 사회적 행사에서는 더욱 시간을 지켜야 한다. 늦어도 적당히 받아 주는 인정주의가 우리의 전통적 관용일 듯싶지만 꼭 그렇지 않다.

어느 불교신도 단체가 큰스님 한 분을 모시고 중국으로 여행을 갔다. 중국의 꽤 이름난 기공 단체의 초청으로 '마음 다스리는 법'을 함께 공부하기 위해서 간 여행이었다. 중국 대도시의 한편에 있는 재래시장에 일행이 들르게 되었다. 그 재래시장은 도장이나 칠기공예품, 부채 등 중국의 전통적 상품들을 파는 곳으로 유명하였다. 스님은 신도들에게 자유 시간을 두 시간으로 정해 주었다. 두 시간 안에 구경도 하고 원하는 물건도 사라는 것이었다.

중국에 관광을 한 번이라도 가 본 사람이라면 다 알겠지만, 중국의 재래시장에서 물건을 살 때에는 많은 시간을 투자해야 한다. 중국 상인들의 바가지 상술과 싸워서 적당한 가격으로 흥정에 성공하려면 적지 않은 인내심과 함께 시간도 써야하기 때문이다. 심하면 정상가의 열 배에 가깝게 호가를 해서 조금씩 깎아 주는 방식으로 장사를 하기에, 원하는 가격에 구입하려면 오래도록 참고 흥정을 꾸준히 해야 한다. 하긴 우리나라 관광객들, 특히 여성들 중에는 그 과정을 즐기는 이도 있다. 여행의 또 다른 맛이기도 하니까.

신도들이 길고 긴 재래시장을 한 바퀴 돌고 물건 한두 개를 사서 버스가 대기하기로 한 약속 장소로 돌아왔을 때, 버스는 이미 출발하고 없었다. 신도들 대부분이 약속 시간을 지키지 않았다. 즉 두 시간의 자유 시간을 초과해 썼으므로 모두 다 모인 것은 약속 시간보다 무려 한 시간이나 더 지난 때였다. 스님은 그들을 기다리지 않고 약속 시간 정시에 버스를 출발하게 했다. 처음 간 외국에서 그 신도들이 당황해서 우왕좌왕한 정경은 충분히 상상할 수 있을 것이다. 그들은 간신히 택시를 타고 다음 장소로 찾아가 스님과 합류할 수 있었다.

원망하는 눈초리로 신도들이 큰스님을 바라보았을 때, 그 스님은 이렇게 말했다고 한다.

"시간이 부족하면 돈으로 메워야 합니다."

주어진 두 시간을 지키려면 중국 상인들과의 흥정을 오래 끌 수 없다. 결국 비싸게 느끼더라도 일정한 가격 선에서 흥정을 끝내야 한다. 억울하지만 시간이 없으므로 할 수 없는 일이다. 신도들은 그렇게 시간 끌기 흥정으로 아낀 그 돈을 나중에 택시 타느라다 써버렸으니 시간만 버린 셈이다. 돈은 돈대로 쓰고 시간마저 잃었다. 잃어버린 두 시간은 어디서 보상받겠는가?

"시간이 부족하면 돈으로 메워야 합니다."란 스님의 말씀을 되짚어 보자. 시간이 중요한 순간에는 돈을 아끼지 않아야 한다는 말이다. 그렇다면 늘 시간과 돈 중 어느 쪽을 더 중시할 것인가에 대해 판단하면서 생활해야 한다. 먼저 평소에 주어진 시간을 잘 지키고 아끼려는 의지와 습관을 갖는 것이 더 중요하지만.

시간의 소중함을 뼈저리게 느끼는 것보다 더 중요한 경험도 없다. 지각한 학생들은 지하철역에서 길게 늘어 선 줄에 끼어 시간을 소비할 수밖에 없었다고 항의했다. 불평하는 그들에게 택시를 탈 돈이 없지는 않았을 것이다. 적어도 입시 시험에 가는 사람이라면 그 정도의 준비는 필요한 법이다. 그렇게 중요한 일을 앞두고 태평스럽게 인정주의를 믿고 있었다면 판단력이 무척 모자랐다 볼 수밖에 없다. 그런 점에서 약간 늦게 도착했다는 이유로 시험을 보지 못한 학생들은 무척 억울하게 여기겠지만, 시간의 가치에 대한 교훈을 얻었다는 점에서는, 어쩌면 입시에 합격하는 것보다 더 큰 것을 얻었는지도 모른다.

내가 늘 학생들에게 하는 말은, "여러분들 가진 게 시간밖에 없지 않나요?"이다. 그렇다. '시간밖에'라고 표현했지만 돈보다 더 귀한 것이 시간이다. 대학생들은 투자할 수 있는 게 시간뿐이다. 가진 게 시간뿐이니까. 그 시간을 낭비하지 말고 자신의 미래에 투자하는 것이야 말로 가장 중요한 일이다.

각주구검
- 바로, 지금, 해야 할 일을 하라

'각주구검(刻舟求劍)'은 잘 알려진 고사성어로서 어리석고 미련한 사람을 가리키는 말로 흔히 쓰인다. 〈여씨춘추〉라는 책에 적혀있다는 이 고사성어의 유래는 이렇다. 어느 초나라 사람이 양자강에서 배를 타고 가다가 실수로 칼을 강에 떨어뜨렸다. 그 자는 바로 칼을 찾지 않고 칼을 떨어뜨린 자리라면서 배에 작은 칼로 표시를 해두었다. 배가 나루에 닿자 잃어버린 칼을 찾는답시고 배의 표시 자리 아래로 뛰어들었다는 것이다.

이 어리석은 자가 잘못한 것은 무엇일까? 하나는

배가 움직인다는 사실을 간과한 것이고, 또 하나는 칼을 떨어뜨린 바로 그 순간에 찾으려하지 않고 미루었다는 것이다. 다르게 생각하면 이 어리석은 주인공은 한편으론 시간을 놓쳤고, 또 한편으론 공간을 놓쳤다.

원래 시간과 공간은 따로 노는 게 아니다. 시간과 공간은 서로 결합하여 존재의 기반을 만들어낸다. 뱃전에 칼자국으로 표시를 해둔 것은 공간에 집착한 행위인데, 그 공간은 시간이 흘러갔을 때 아무 의미가 없었다. 마찬가지로 시간이 지나간 후에 그 공간 역시 같은 공간이 아니라 변질된 것이었다. 따라서 시간과 공간은 늘 함께 고려해야 할 삶의 기본이다.

어리석고 미련한 사람을 가리키는 이 말이 요즘은 시기를 놓치거나 때를 잘못 파악하는 경우에도 잘 인용되곤 한다. 이를테면 오래 전에 유용했던 주택 정책을 지금도 그대로 유지해야 한다고 주장하는 것을 두고 '시대의 흐름을 망각한 각주구검'이라고 비판한다든가, 금융 비리가 판을 칠 때는 내버려두고 있다가 상황이 다 끝난 시점에서 감사를 강화하려 하는 정부의 어리석음을 '때를 놓친 각주구검'이라고 비판한다.

배가 움직인다는 사실을 간과한 사실을 두고 본다면, 움직이는 배는 시간에 비유할 수 있다. 배가 강물 위를 흘러갔음은 바로 시간이 지나갔음을 뜻한다. 그러므로 흐르는 강물에서 배에 변함이 없더라도 배를 타고 있는 사람의 자리는 한시도 그 자리가 아니라 계속 흐르고 변한다. 마찬가지로 우리가 살아가고 있는 동안 우리는 한시도 같은 자리에 놓여있지 않다. 우리가 살아가는 세상은 시간의 흐름 속에서 계속 흘러가고 있다.

배에 해둔 표시자리는 공간이다. 그 공간은 겉으로는 변하지 않고 표시자국을 그대로 간직하고 있지만, 실제 내용은 다르다. 시간이 흘렀으므로 공간도 변한 것이다. 지하철 3번 칸 맨 앞자리에 탔던 사람이 가방을 놓고 내렸다고 가정하자. 이 사람이 다음 지하철을 기다려 같은 3번 칸 맨 앞자리로 가더라도 자기 가방이 있을 리가 없다. 이처럼 시간이 흘러가면 되돌릴 수 없다. 바로 그 시간에 해야 할 일은 바로 그 자리에서 해야 하는 것이다.

내 시간은 계속 흘러가고 있다. 너무나 뻔한 이 사실

을 꼭 가슴에 새기면서 살아갈 필요가 있다. 한번 시간이 흐르면 모든 것을 되돌릴 수 없다. 지금 해야 할 일을 하지 않으면 결국 각주구검의 어리석은 주인공이 되고 만다. 이 어리석은 행위는 고사성어의 옛 이야기가 아니라 바로 우리가 저지르고 있는 일상의 일이다. '지금', '바로', 내가 해야 할 것을 찾아 실행하라. 시간이 내리는 명령이다.

어느 제자의 선택
– 전문직만 고집해야 할까?

    중국 춘추전국시대에 진나라를 크게 부흥시킨 상앙은 백성들이 무슨 일을 하고자 하는가에 대해 이렇게 말했다. "백성의 주인인 임금이 백성들에게 권장할 수 있는 것은 관직과 작위이고, 나라를 크게 일으킬 수 있는 것은 농사와 전쟁뿐이다. 그런데 현재 백성들은 관직이나 작위를 얻고자 모두 농사나 전쟁이 아닌 번지르르한 말과 거짓된 도리를 앞세운다. 이와 같은 자들을 '말만으로 백성을 위로하는 사람'이라고 한다. 말만으로 백성을 위로하는 사람은 자신의 나라를 반드시 무력하게 만든다. 나라를 무력하게 만드는 자들은 또한 반드시 그 나라를 쇠약하게 만든다."고 하면서, "현재 나라 안의 백성들은 모두 '농사와 전쟁은 피할 수 있는 것이고, 관직이나 작위 역시 얻을 수 있는 것이다'고 말한다. 그래서 영웅호걸은 모두 생업(生業)을 바꾸어 글을 힘써 배우고, 외부의 권세를 좇아 위로는 임금에게 추천되는 것을 구하고 아래로는 관직이나 작위를 구한다. 또 상인이나 장사꾼들은 중요한 일을 하지도 않으면서 그것을 일종의 기예(技藝)로 생각하고 농사나 전쟁을 회피하기 위한 구색 맞추기에 쓴다. 이것은 모두 나라가 위태롭게 되는 일이다. 백성들을 이와 같이 교육한다면 그 나라는 반드시 쇠약해진다."

상앙이 쓴 윗글은 농사의 중요성을 설파한 것이지만 오늘날의 상황에 맞추어 고쳐본다면 어떨까? 상앙은 '관직과 작위'와 '농사와 전쟁'을 대립시키고 있다. '관직과 작위'가 명예롭고 편안하며 그래서 권세가들이 차지하던 것이라면 '농사와 전쟁'은 천하고 힘들며 가진 것이 없는 자들의 몫이었다. 상앙은 관직과 작위를 추구하는 자들은 번지르르한 말과 거짓으로 자기 자리를 꿰차고 장사하는 이들은 힘든 일을 피하려고만 한다고 비판한다. 그러면 나라가 쇠약해진다고 우려하면서.

이를 오늘날의 직업관으로 바꾸어 보면 어떨까? '관직과 작위/농사와 전쟁'의 대립항을 '전문직(사무직)/생산직(기술직)'의 대립항으로 대체시켜 보자. 모두 '농사와 전쟁은 피할 수 있고, 관직이나 작위 역시 얻을 수 있다'고 했듯이, 지금은 모두 생산직을 피하려 하고 전문직을 원하며 자신의 전문직 진출이 가능하다고 말한다. 현실은 그렇지 못함에도. 예나 지금이나 누구든 편하고 명예로우며 대우가 좋은 일을 원한다. 너무나 당연한 욕구이다. 하지만 사회는 모든 사람들에게 원하는 일만 할 수 있게 허용하지 않는다. 모두가 공무원이나 교사, 의사나 법조인이 되겠다고 공부만 하고 있다면, 나라는 쇠약해질 수밖에 없다.

이제는 이 대립항에서 가치를 재는 측도를 다르게 가져야 하지 않을까? 전문직, 사무직은 가치가 높고, 생산직은 천한 것이라는 생각은 이미 낡아빠졌다. 실제로 생산직의 평균연봉이 사무직의 평균연봉을 초과한 기업들이 많아졌다. 2008년 자료를 보면 사무직의 연봉이 생산직의 1.9배라는 통계가 있었다. 그러나 작년에 나온 어느 대기업의 자료를 보니까 생산직의 최저 평균연봉이 사무직보다 훨씬 높다. 그만큼 인식도 대우도 달라졌고, 생산직의 사회적 위치도 상향되었다. 그럼에도 대부분의 학생들이 사무직, 전문직에만 매달려서 좁은 문을 넘지 못해 허덕거리고 있다.

얼마 전에 졸업한 지 꽤 된 제자가 내가 운영하는 인터넷카페에 글을 하나 올렸다. 그 글에서는 자신이 현대자동차 1차 협력기업에 생산직으로 취업하게 되었다고 하면서 어렵게 생산직에 취업하게 되었음에 대해 자부심을 드러내고 있었다. 자신은 유통업계에 진출하고 싶었으나 그쪽의 취업이 얼마나 어려운지를 토로하면서, 실제 사무직으로 취업해도 현재 자신이 받는 연봉보다 훨씬 초라한 대우를 받을 수밖에 없다고 했다. 글쎄, 그 글을 그의 후배 학생들이 어떻게 받아들일지 잘 모르겠지만, 나는 그 제자의 복잡한 심정을 이해할 만하다. 그가 취업을 위해 어떤 노력을 했는지 잘 알기 때문이다.

그나마 그 제자가 훌륭한 생산직에 입성할 수 있었던 것은 생산직에 아르바이트도 하고 인턴도 했으므로, 그 경력을 인정받을 수 있었기 때문일 것이다. 그는 스스로 명예와 지위를 가리지 않고 자신이 갈 길을 개척하려는 투지를 보였다. 생산직이든 사무직이든 자신이 할 수 있는 일을 하며 자기 삶을 가치 있게 다듬는 것이 중요하다. 그 제자가 생산직을 마다하지 않았다는 게 중요한 게 아니라, 자기의 길을 번지르르하게 포장하지 않고 용기 있게 현실에 대면했다는 게 아름다워 보인다.

질문하는 용기

– 한국 학생들은 왜 질문하지 않는가?

종교의 경전들이나 〈논어〉, 〈소크라테스의 대화〉 같은 책들을 보면, 성인들이 제자들을 가르치는 방법에 공통점이 있다. 제자가 질문을 해야 가르침을 주신다. 질문하지 않으면 가르침도 없다. 내가 성인이 아닌 바에야 그분들처럼 제자들이 질문하기를 기다렸다 가르칠 수 없으니 강의실에서 일방적으로 마구 떠들어댄다. 그 강의를 학생들이 얼마나 열의 있게 듣는지는 의문이다.

최근에 나온 다른 대학교 신문을 보니, 학문의 습득에 있어서 질문이 얼마나 중요한지에 대해 쓴 교수의 글들이 여기저기에 있다. 우연이겠지만 질문을 하지 않는 학생들에 대해 교수들은 같은 고민을 하는 모양이다. 학생들이 통 질문을 하지 않는다는 탄식들이다. 역시 우연이겠지만 최근 일간지들을 뒤적거리다 보니, 리드앤리더 컨설팅 대표라고 하는 김민주 씨가 〈한경 business〉에 실은 '한국인은 왜 질문하지 않는가'라는 칼럼이 눈에 띈다.

이 글에서는 한국의 학생들이 질문을 하지 않는 유형을 여덟 가지로 나누었다. 재미삼아 소개해 보기로 한다. 첫째, 수강생이 강의 내용에 대해 아예 관심이 없어 질문이 없는 '무관심형', 둘째, 반대로 강의를 듣는 데 너무 몰두하거나 메모하기 바빠 질문할 타이밍을 잡지 못하는 '몰입형', 셋째, 강의를 잘 이해하지 못해 질문을 던질 엄두를 내지 못하는 '몰이해형', 넷째, 반대로 강의가 너무 쉽고 뻔해 질문할 거리를 찾지 못하는 '완전 이해형', 다섯째, 다른 수강생들의 주목을 받는 것이 부담스러운 '주목 회피형', 여섯째, 강의 시간이 길어지거나 수업의 흐름을 끊을 것을 두려워하는 '타인 배려형', 일곱째, 자신의 무지가 드러나서 망신을 당할 것을 걱정하는 '소심형', 여덟째, 일찍부터 질문을 하지 않는 문화 속에서 교육을 받아와 그 분위기에 쌓여 있는 '분위기형' 등이 그것이다.

이 글에서 김민주 대표는 지능을 측정하는 IQ(Intelligence Quotient), 감성을 측정하는 EQ(Emotion Quotient), 도덕성을 측정하는 MQ(Moral Quotient)처럼 이제는 질문을 잘 던지는 능력을 측정하는 질문 지수 QQ(Question Quotient)가 필요하다고 하면서, 자신이 질문을 던지는 횟수와 제대로 된 질문인지를 따지는 질문의 품질, 질문이 다른 사람에게 미치는 파급효과, 질문을 수용하는 조직 문화의 개방성과 다양성 등이 질문 지수의 평가 요소가 될 것이라 하면서 "힘을 모아 질문 지수를 개발하자."고 제안한다.

타당하고 중요한 문제 제기이자 제안이다. 질문을 하지 않는 한국인의 여덟 가지 유형들은 그대로 대학생들에게 나타나는 일반적인 현상이기도 하다. 우리나라 대학교 강의실에서는 질문이 잘 나오지 않는다. 위 여덟 가지 유형들이 다 적용되겠지만, 내가 보기에 가장 중요한 이유는 공부를 하지 않기 때문이거나 공부를 하려는 의지가 없기 때문이다.

공부를 하다 보면 모르는 게 나올 수밖에 없다. 모르는 것을 알아 가는 것이 다름 아닌 공부이기 때문이다. 따라서 공부를 하려는 의지가 있다면 모르는 것을 알려고 애써야 한다. 당연히 질문이 생기게 마련이다. 공부를 하는 사람이 질문을 하게 될 수밖에 없는 이유이다.

학생이란 '공부를 하는 사람', 즉 배우려는 사람이다. 그렇다면 학생의 본분은 질문함에 있다. 질문을 함으로써 학생의 제 역할이 시작되는 것이다. 그러나 공부를 하지 않으면 자신이 무엇을 모르는지를 알 수 없다. 공부를 한다는 것은 결국 모르는 것을 만나는 과정이다. 모르는 것을 만나야 그것을 알려고 노력함으로써 발전을 도모하게 된다. 달리 말하면 공부는 모르는 것과의 조우이다. 그런데 그 모르는 것을 만나고도 해결하지 않으려 한다면 공부는 이루어지지 못할 게 뻔하다. 어떤 이유에서건 질문하지 않는 풍조는 사회나 개인의 발전에 해가 될 뿐이다. 김민주씨의 질문하지 않는 여덟 가지 유형은 어쩌면 자기 핑계 여덟 가지 유형을 구분해 놓은 것일지 모른다.

질문하지 않는 한국 대학의 풍조는 일면 체념과 방관의 분위기와 맞닿아있다. 문제가 생겨도 나 몰라라 하고, 자신에게 직접 손해가 일어나지 않는 한 자기 문제로 받아들이지 않으려는 풍조가 우리 사회에 만연하다. 공부를 하면서 모르는 게 나타났는데, 우리 학생들은 그것에 애써 외면한다. 체념과 방관의 학습 태도가 만연하고 있다.

이래서야 개인도 대학도 사회도 발전이 있을 수 없다. 그 이유가 소심해서든, 튀기 싫어하는 주목회피형이든, 혹은 무관심형이든 그 습관에서 벗어나려면 굉장한 용기가 필요하다. 대학이란 궁극적으로 학문을 연구하고 가르치고 배우는 곳이다. 여기에서 질문이 사라진다면, 대학의 존립 이유도 사라진다. 이제부터라도 질문하는 용기를 장전하도록 하자. 물론 무의미하고, 의무방어전 같은, 억지로 만들어내는 질문은 피해야 하지만, 모르는 것을 알기 위한 질문이면 마다할 이유가 없다. 질문을 잘 하는 것, 발전을 위한 지름길이다. 질문을 해서 얻는 지식이 비로소 자기 것이 된다.

용서로 함께 하기
– 배제, 축출 대신에 용서로 안아주기

성균관대 의과대학에서 '동급생 출교 결의'라는 이상한 사건이 신문기사로 보도된 적이 있다. 그 기사에 따르면 성균관대 의대 본과 1학년 학생 36명이 긴급총회를 열었다고 한다. 동급생 중에 성범죄 전력을 가진 이(신문기사대로 A라 칭하자)가 있음이 밝혀졌기 때문이다. 동급생들보다 나이가 많은 그는 자신이 다른 대학 이공계 학과를 다니다 그만 두고 군대를 다녀오느라 늦깎이 의대생이 되었다고 설명해왔다 한다.

그런데 한 동급생이 '성범죄자 알림e' 사이트에서 우연히 A 군의 이름을 조회하면서 그가 2011년에 있었던 '고려대 의대 성추행 사건'의 가해자 중 한 명임을 밝혀냈다. 이 사건은 잘 알려진 대로 당시 고대 의대 졸업반 남학생 3명과 여학생 1명이 함께 여행을 갔다가 남학생들이 만취한 여학생을 성추행하고 이 장면을 휴대폰 등으로 촬영함으로써 세간의 공분을 샀던 바 있다. 당시 세 명의 가해자는 고대로부터 출교 처분을 받았다.

이 학생이 다시 정식 입학 절차를 거쳐 성균관대 의과대학에 진학한 것이다. 긴급 총회에선 동급생 36명 중 24명이 A씨의 출교에 찬성했다. "여학생들이 A와 함께 공부하는 것을 꺼리고, 의사가 되기에 성범죄 전과는 윤리적으로 결격사유"라는 것이 다수를 차지하는 출교 주장의 이유였다. 반면 출교 요구에 반대하는 소수의 의견들은 "A씨가 과거 잘못에 대해 이미 죗값을 치렀고, 그의 성균관대 입학 자체가 학칙이나 법에 어긋난 것이 아니기 때문에 출교를 요구하는 것은 지나치다"는 입장을 보인 것으로 알려졌다.

이에 대해 학교 당국은 법적으로 강제 출교가 불가능하다고 판단했다. 출교 조치가 불가능하다는 학교

측의 입장을 전달받은 의대 학생회는 의과대학은 의료인을 양성하는 기관으로서 엄격한 윤리적 기준이 적용되어야 한다면서 자체적으로 현실적인 제재 방안을 찾겠다는 의견을 밝혔다고 기사는 보도했다. 이를테면 실습 과정에서 조별 활동을 금지시키는 등의 방안이 논의된 모양이다.

이 기사를 접하면서 과연 '이 A 군은 용서받을 수 없는 것일까'라는 생각이 떠올랐다. 중국의 고사 중 '문경지우(刎頸之交)'라는 사자성어를 나오게 한 이야기가 있다.

전국시대 때 조(趙))의 혜문왕(惠文王) 아래에는 인상여(藺相如)와 염파(廉頗)라는 탁월한 대신이 있었다. 두 사람 모두 큰 공을 세웠는데, 왕이 환관의 식객에 불과했던 인상여를 경대부라는 높은 벼슬에 임명하자 염파는 대단히 불만스러웠다. 그래서 인상여에 대한 험담을 하고 다녔다. 그 말을 전해들은 인상여는 염파와 마주치지 않으려고 피하고 다녔다. 부하들이 "왜 그렇게 염장군을 두려워합니까?"라고 물으니 인상여가 답하기를 "秦(진)나라가 우리 조나라를 공격하지 못하는 이유는 나와 염 장군이 있기 때문이다. 우리 둘이 서로 헐뜯고 싸운다면 나라가 위태로워질 것이다."라 하며 염파를 배려했다. 그 이야기를 들은 염파는 스스로 옷을 벗어 곤장을 진 채 인상여의 집 앞에 가, "비천한 사람이 장군의 너그러움을 알지 못하였다."라며 사죄하였다. 인상여는 염파를 용서하였고, 마침내 절친이 된 두 사람이 나라의 기둥이 되었다는 이야기다.

문경지우란 목을 내 놓을 정도로 가까운 친구라는 뜻인데, 이 우정은 용서의 힘이 바탕에 깔려있어 가능했던 것이다. 북송 때의 재상 범사인(범충선공)은 "責人之心責己 恕己之心恕人(남을 꾸짖는 마음으로 나를 꾸짖고, 나를 용서하는 마음으로 남을 용서하라)"라고 했다.

모든 종교의 가르침은 용서를 기본으로 한다. 예수께서는 우리를 용서하기 위해 이 땅에 오신 게 아니던가. 그리고 모든 종교의 목적은 우리로 하여금 반성, 회개, 참회를 통하여 거듭나게 하는 데에 있지 않을까?

성추행을 저지른 그 사람의 범행은 밉고, 경계해야

하지만, 그 또한 교화하고 반성을 거쳐 거듭날 수 있는 가능성을 지닌 존재이다. 의료인의 윤리 기준을 엄격하게 잡자고 하는 성균관대 의대생들의 충정은 높이 사고 싶다. 그러나 흠결이 있는 학우라 하여 배제하고 축출하기 전에 서로 교화하고 용서하면서 반성을 통한 거듭나기를 도우는 것이 먼저가 아닐까? 어쩌면 실수와 잘못이 주는 고통을 먼저 깨달은 자가 자기반성을 통해 먼저 거듭날 수 있다면, 더 훌륭한 의료인이 될 수도 있는 법이다. 몸의 병을 고치는 의료인이 되기 전에 마음의 병을 함께 안고 치료해나갈 수 있는 자세를 보여주면 한결 멋지지 않을까 하는 생각을 해본다.

임금고용자와 일
– 임금보다 사회 기여로 보상 받기

새해, 새 학기를 들어서도 모두의 관심사는 여전히 일자리다. 경기는 활성화되고 있다는데 일자리는 여전히 찾기 어렵다. 설날 같은 명절에 가족들이 모이면 말해서는 안 될 금지어가 있다. 한때는 결혼, 출산, 성적 같은 단어들이었는데, 지금은 취업이 추가되었단다. 취업이 얼마나 어려운지, 또 취업 때문에 청년들이 얼마나 시달리고 있는지 보여주는 세태이다.

최근에는 한국GM이 군산의 완성차 공장을 폐쇄하겠다고 발표해서, 군산 지역은 물론 우리나라 전체 노동시장에 충격을 던졌다. 정부로부터 지원을 받기 위한 협박이라는 말도 있었고, 적자가 누적되어서 어쩔 수 없는 선택이라는 말도 있었는데, 협력업체까지 생각해보면 엄청난 수의 일자리가 사라질 위기였다. GM이 철수 가능성을 발표하자마자 미국 트럼프 대통령은 GM이 디트로이트로 돌아올 것이라고 큰소리 쳤다. 즉 GM 사태의 안을 들여다보면 일자리를 둔 국가적 싸움이 벌어지고 있음을 알 수 있다.

이런 상황은 근본적으로 일자리 숫자의 한계를 보여준다. 아무리 정책적으로 일자리를 늘리려 해도 없는 일자리를 대통령이 만들어낼 수는 없다. 국민이 낸 세금을 투입해서 만드는 일자리, 이를테면 공무원 수를 늘리는 식의 정책은 제 살 깎아먹기에 불과하다. 더구나 최저임금을 인상하면서 일자리를 늘리겠다는 것은 모순된 정책이다. 피자 한 판을 놓고 조각 하나하나의 크기는 키우면서 더 많은 수로 조각을 내겠다는 것과 같다.

이런 두 마리 토끼 잡기 정책이 성공하려면 정말 고도의 전략과 면밀한 목표, 설계를 준비해서 강력하게 추진해야 한다. 그런데 지금 우리 정부는 의욕적으로 정책을 이슈화하고 있지만, 정작 실효성 있는 방안을 제시하지는 못하고 있다. 프랑스는 몇 년 전 '프랑스 신산업'을 위한 '전투 계획 34항'이라는 것을 발표했다. 여기엔 바이오 의료 기술, 사물인터넷, 빅데이터 등 이른바 '4차 산업혁명'을 대비한 국가적 투자 계획이 담겨 있다. 이 프로젝트는 10년 내에 47만5000개의 일자리와 450억유로의 부가가치를 창출한다는 목표를 세우고 이를 실현할 세부계획을 준비하고 있다. 이처럼 구체적 목표와 분명한 계획을 갖고 있어도, 프랑스 학자들은 이 프로젝트가 성공할 확률을 높이 보지 않는다는 소식이다. 근본적으로 4차 산업혁명이 일자리를 없앨 것이기 때문이다.

기술철학을 연구하는 프랑스 학자 베르나르 스티글레르는 〈고용은 끝났다, 일이여 오라!〉라는 책에서 "향후 20년 안에 임금제 고용에 기초한 사회는 소멸할 것이다!"라고 단언한다. 자본주의가 만든 분업제도는 인간을 자기가 맡은 노동에만 동원되는 기계로 치부했다. 그리고 임금으로 그 노동에 대한 대가를 지불했다. 이제는 기계들이 그 일을 맡을 것이다. 10 여년 전에 리프킨이 예언했던 노동의 종말은 점점 현실화되어가고 있다.

최근 미국에는 AI 택배기사가 등장했다. 도미노는 드론으로 피자를 배달한다. 로봇이 건강검진을 하고, 드론으로 농약을 뿌리는 등 농원을 관리한다. 일자리가 줄어들고 있는 것은 눈에 훤히 보이는 현상이다. 스티글레르는 임금제에 바탕을 둔 고용 제도는 끝났고, 노조가 할 일도 없다고 한다. 그러면 이제 어떻게 일을 해야 할 것인가? 그는 일에 대한 개념을 바꾸어야 한다고 본다. 스티글레르가 제안한 대안의 하나는 기여소득이다. 기업은 임금고용제로 막대한 이득을 쌓아왔지만, 노동자에게 제대로 분배하지 않았다. 이제 임금에 의한 분배 시대가 끝나가기 때문에, 기여에 의한 소득분배로 바꾸어야 한다는 것이다. 즉 사회에 어느 정도 기여하는가를 기준으로 분배가 이루어질 수 있다는 것이다. 그러면 '일' 혹은 일자리가 개인의 소득을 위한 수단에서 나아가 더 사회적 의미를 풍부하게 지니게 될 것이다. 스티글레르는 프리웨어로 공급하는 소프트웨어에서 기여소득의 아이디어를 얻었다고 한다. 얼마나 실현 가능할지는 모르지만, 임금고용이 없어지면 실업도 없어진다는 이 아이디어가 진정한 사회적 동의를 얻으려면, 노동 혹은 일에 대한 우리의 생각이 근본적으로 변화되어야 할 것이다.

중요한 것은 이제 일자리가 없어진다고 낙망한 하고 있을 것이 아니라, 또 정부의 정책 탓만 할 게 아니라, 자신이 할 수 있는 '일'의 의미를 찾아나서는 것이다. 더 이상 생존을 위한 수단으로서의 일이 아니라, 그리고 기계처럼 기업의 부속품이 되는 임금고용자가 아니라, 사회를 위해 자기 역할을 찾아서 의미 있는 기여를 할 수 있는 방안을 찾아볼 때가 되었다.

주춤대는 애플의 혁신
- 혁신은 심장의 박동처럼 한 시도 멈출 수 없다

삼성전자와 애플의 전투는 엎치락뒤치락 하며 장기전에 돌입하는 것 같다. 애초에 이 싸움이 애플의 도발로 시작되었을 때, 애국심으로 삼성전자를 걱정하는 이들은 혹시라도 삼성전자가 큰 불씨를 뒤집어쓰지 않을까 우려하기도 했다. 또는 이 거대한 두 기업이 곧 화해하여 상생의 길을 찾을 것이라 예상하기도 했다.

두 기업의 특허 싸움은 긴 여정을 남겼기에 어떻게 끝날지 아직은 아무도 예상하기 어렵다. 그런데 흥미로운 것은 법정에서 이긴 자가 시장의 여론에서는 꼭 승리자가 되지 않는다는 점이다. 미국 법정의 배심원단이 애플에게 손을 들어준 지난번 사건도 여러 뒷말들이 쏟아지면서 오히려 애플에게 불리한 여론이 일시적으로 조성되었다. 따라서 이 세기적 싸움의 결말이 누구의 흥망으로 종결될지는 섣불리 예단하기 어렵다.

하지만 많은 사람들이 삼성의 지난한 싸움이 될 것이라 말하고 있다. 그런 와중에 최근 영국의 어느 언론인이 애플 비난 글을 웹사이트에 실어서 주목을 끌고 있다. 〈실물 경제(Real Economy)〉의 저자인 에드 콘웨이는 애플의 CEO 팀 쿡에게 보내는 편지 형식의 글을 통해 애플의 문제점을 신랄하게 비판했다. 스스로 애플주의자로 자처하던 그는 10대 때부터 애플의 제품을 사랑했으나 이제는 결별하고자 한다고 했다. 그 이유로 운영체제와 앱, 아이클라우드 등에 대해 신랄한 평을 쏟아 내었는데, 흥미롭게도 마지막에 영국의 신문에 애플이 게재한 사과문을 들어 불쾌하다고까지 했다. 영국에서 애플은 삼성의 태블릿 PC가 자사 제품을 베꼈다고 고소했는데, 법정은 아니라고 판시하며, 이 사실에 대해 애플이 신문에 사과 광고문을 낼 것을 지시했고 수정 게재까지 명령한 사실은 이미 보도로 잘 알려져 있다.

특허 싸움이 어느 애플주의자의 불쾌감을 초래하게 된 이면에는, 특허 싸움에 집중하느라 제품 개발은 등한시한다는 비판이 깔려있을 것이다. 콘웨이가 가진 애플에 대한 불만의 초점이 애플은 더 이상 새롭지 않고 평범해졌다는 점임을 생각해보면, 코웨이의 비판글은 애플의 혁신이 무디어진 점에 분노하여 나왔다고 보는 것이 옳겠다.

그러나 가만히 생각해보면, 애플이 특허 전쟁을 위해 방아쇠를 당긴 것도 혁신의 추진력이 소진된 탓이 아닐까 싶다. 더 이상 혁신을 거듭하기 어려워지자 탈출구가 필요해 특허 싸움으로 전장을 옮겼다는 해석이 억지는 아닐 것이다. 애플주의자가 애플과 결별하겠다고 선언하는 그 목소리에는 애플에 대한 애정이 짙게 드리워져 있다. 애플에 화가 난 것이지 애플을 버리겠다는 의미는 아니라고 보인다. 그러니까 그 바탕에는 애플에 대한 신뢰와 안타까움이 동시에 깔려 있다. 그럼에도 결별을 선언하는 것은 혁신하라는 요구이다.

이 문제를 다르게 생각해 보면, 혁신의 생명력에도 일정한 한계가 있음을 간파할 수 있다. 애플이 성장하고 전 세계인의 사랑을 받은 이유는 바로 혁신에 있었다. 늘 새로움을 선보였고, 늘 놀라움을 안겨주었다. 혁신을 생명력으로 한 기업이 그 혁신을 멈추었을 때, 오히려 더 크게 실망감을 던져주는 법이다. 따라서 애플의 혁신력이 떨어졌다는 느낌은 어쩌면 애플의 태생적 한계일지도 모른다.

또 다르게 생각해보면, 혁신이란 멈출 수 없는 심장의 박동과 같다는 측면이다. 혁신을 모토로 삼는 기업이 조금만이라도 혁신을 멈추고 주춤거리면 바로 퇴보의 인상을 소비자에게 안겨주게 된다. 혁신이란 자전거의 바퀴와 같아서, 계속 굴러야 앞으로 나가고 쓰러지지 않는다.

아이러니하게도 삼성전자가 애플에게 법정에서 일격을 당한 후 애플은 주춤거리고 삼성전자는 스마트폰 시장에서 선전하고 있다. 그러나 이런 현상이 반드시 삼성전자의 미래에 밝게만 작용하지는 않을 것이다. 새로운 아이러니가 기다리기 때문이다.

만약 삼성전자가 이 시점에서 더 신선한 혁신을 추진하지 못한다면 그 역시 추락할 수 있기 때문이다. 특허도 중요한 문제이고, 이왕 벌어진 싸움에서 승리하는 것도 중요한 문제이지만, 이제는 진정한 발전과 혁신을 준비하고 보여주어야만 살아남게 된다. 세상이 그것을 요구하고 있다.

따라서 삼성전자는 애플과의 싸움에서 일희일비해서는 안 된다. 꾸준하고 묵묵하게 진전을 거듭해나가야 한다. 그러려면 애플에 대하여 신랄하게 비판하는 코웨이처럼, 삼성전자에게도 신랄하게 비판하는 누군가의 관심이 필요할 것이다. 마찬가지로 미래를 준비하는 젊은이들에게도 혁신의 꾸준한 시도가 필요하고, 또 그에 대한 감독과 격려가 있어야 한다.

한 해를 잘 마무리하는 방법

- 자기반성과 진단의 다섯 단계

학기말 시즌이 되면 대학은 무척 바쁘다. 일반 학생들은 기말시험 준비에 여념이 없고, 졸업생들은 졸업 준비에다 취업, 진학 준비로 분주할 때이다. 교수와 교직원들도 성적 처리에다 입시 업무, 내년 봄 학기를 대비하기 위한 업무로 눈코 뜰 새 없이 바쁘다.

이럴 때 잠시 여유를 갖고 한 학기를 어떻게 마무리할까 생각해 보는 것도 좋다. 기말시험 치르고 나면 이제 또 한 학기가 그냥저냥 지나가는구나 하고 말 것이 아니라, 차분하게 정리할 시간을 갖는 것이다. 나름대로 치열하게 학과 공부나 학교생활에 열중했던 학생들은 그 나름대로, 학과 공부나 자기 개발에 게을렀던 학생들은 또 그 나름대로, 한 학기를 평가하고 반성하는 기회를 가져야 한다. 이번 학기는 꽤 열심히 했어, 혹은 이번 학기는 엉망이었어 하며 대충 생각하는 그런 반성이 아니라, 훨씬 구체적이고 체계적인 자기비판과 분석을 해보아야 한다.

한 해를 통 털어 정리를 해보기로 한다. 다음과 같은 순서로.

첫째, 한 해 동안 자신이 꼭 이루려고 했던 '올해의 목표'가 있었던가 돌이켜본다. 한 해의 목표가 '무엇이었나?'가 아니라 한 해의 목표를 세우기나 했는지를 점검해보자. 자신이 금년에 꼭 해내고자 했던 바를 명백하게 떠올릴 수 있으면 다행이지만, 얼른 떠오르지 않는다면 자신이 목표조차 세우지 않았던 것이다.

자신의 한 해 목표를 분명하게 갖고 사는 사람이 뜻밖에도 많지 않다. 당연한 말이지만, 목표를 이루지 못함보다 아예 목표 자체를 갖지 않았음이 더 불행하다. 자신이 해내려고 했던 목표가 명백하게 있었더라도, 반도 아니 1/4도 달성하지 못하기 마련이다. 하물며 목표 자체를 아무 것도 세우지 않았다면, 한 해 동안 이루어낸 게 없을 것은 정해진 이치이다. 따라서 한 해 동안 자신이 이루고자 한 바가 떠오르지 않는다면 아무런 목표도 없이 한 해를 그냥 흘려보냈음을 뜻한다. 이런 사람들은 자신에 대하여 무책임하다. 자신에게 주어진 한 해를 방치해버렸기 때문이다.

둘째, 금년 한 해 동안 목표한 바가 명백하게 있었다면, 그 목표를 충실하게 이루었는지를 점검해 본다. 이때 중요한 핵심은 구체적으로 따져봐야 한다는 점이다. 비판적 반성에는 타협이 있어선 안 된다. 냉철하게 자신이 한 해 동안 쌓아놓은 게 무엇인지, 과연 스스로 만족할 만 한 지를 검토해보자. 자신이 만족할 수 있다면 더없이 좋지만, 그럴 경우에도 자신의 만족도가 진정한 내용을 갖추었는지를 살펴야 한다.

셋째, 만약 자신이 목표를 설정했더라도, 자신이 원하거나 기획했던 바보다 내용적으로 부족하다면 왜 그런지를 분석해 본다. 그 이유가 자신의 내부, 즉 게으름이나 의지력 빈곤, 문제의식의 부재 등 어떤 심리적인, 정신적인 문제에서 연유하였는지, 아니면 자신의 외부, 즉 환경적 요인, 경제적 문제, 물리적 장애 등의 문제에서 연유하였는지를 진찰해보아야 한다. 문제의 원인을 알아내지 못하면 똑 같은 현상이 반복되어도 바로 잡을 수 없기 때문이다. 보통 자신의 목표를 실천하지 못하는 것은 자신의 외부보다는 내부에 더 큰 문제 요인이 있기 마련이다. 자신이 스스로 해결할 수 있는 일을 스스로 회피했거나 도망해버리고도 곧잘 외부적 상황이나 경제 문제 등에 미루는 일은 흔하게 우리 주위에서 볼 수 있다. 그러면 스스로 자기 문제를 해결하는 게 불가능해진다.

넷째, 한 학기 혹은 한 해를 마무리하는 시점에서 자신에게 정말 필요한 게 무엇인지를 다시 타진해 본다. 자신이 열심히 한 편임에도 크든 작든 스스로 목표한 바를 이루지 못했다면, 목표를 잘 못 세운 것일지도 모른다. 현실적으로 적합하지 못한 바를 이루겠거니 결심했거나 지나치게 과욕을 부렸을 수도 있는 것이다. 그러므로 자신이 세운 목표가 정말 실천 가능한 것이었고, 또 자신에게 꼭 필요하거나 자신이 진정으로 원하는 방향과 일치한 것이었는지를 따져봐야 한다. 욕심을 목표로 잘못 이해하는 경우도 무척 많다. 자신이 조금이라도 구체적으로 실천한 바가 있으면 목표지만, 그렇지 않다면 그것은 욕심일 뿐이다. 예를 들어 한 해 동안 토플 점수를 몇 점 따고, 이런저런 자격증을 획득할 것이라고 목표를 세웠어도, 그를 위한 노력을 충분하게, 아니 충분치는 않더라도 어느 정도로라도 했다면 모르거니와, 그렇지 않다면 그것은 욕심이지 목표가 아니다.

다섯째, 앞의 네 단계를 검토했다면, 이제 내년을 위한 구체적 목표를 생각해본다. 이것은 쉽게 결론내릴 일은 아니다. 심사숙고를 거쳐야 한다. 그러나 그러한 생각의 출발을 지금이라도 시작해야 한다. 그래야 새 해를 맞이하는 동안 자신을 위한 길을 더 단계적으로, 구체적으로 찾아나갈 수 있기 때문이다.

한 해를 마무리하는 방법은 위와 같은 자기반성과 진단이다. 이런 과정을 거쳐서 다가오는 새 시간을 자기 개발과 진전을 위한 더 훌륭한 기회로 꾸려 갈 수 있다면 시간을 보람 있게 보낼 수 있다.

세상을 넘겨다 보다,
그리고
나의 길을 찾다

04

배신의 논리학
– 잘못 믿은 나를 되돌아보라

   박근혜 전 대통령의 국정농단 사태, 이를 규탄하는 촛불 집회는 우리나라 역사에 또 하나의 변곡점을 찍었다. 우리는 많은 것을 배웠고, 그 대가로 엄청난 희생을 치렀다. 그런데 이에 대한 검사의 수사, 사법부의 재판 과정을 이어가면서 끊임없이 배신의 논리가 뒤따랐다. 그래서 사태가 이 지경에 이르니, '배신의 정치', '배신의 윤리'가 사람들의 입에 오르내리는 화젯거리가 되었다.

   어찌 보면 박근혜 대통령을 믿었던 일부 국민들이 갖는 배신감이 더 뼈아플 것이다. 우리 모두 기억하다시피, 그 전 해에 국회의원 총선을 앞두고 유승민 의원을 내치면서 박 대통령은 '배신의 정치'를 내세 웠다. 그런데 정작 '배신의 정치'를 일삼은 이는 박 대통령 자신이 아닌가? 그것도 자신을 믿었던 국민 에 대한 배신으로. 그래서 많은 국민들이 분노했던 것이다.

어쩌면 박근혜 전 대통령 자신도 배신감에 치를 떨고 있을지 모르겠다. 자신이 믿었던 최순실에 대 해서도, 혹은 자신의 가신들이나 자신을 팔아서 한 자리씩 차지했던 정치인들에 대해서도. 또는 자신 을 저버린 운명에 대해서.

박 대통령이 유 의원을 배신의 정치가로 몰아세울 때, '자기 정치'를 위해 진영의 노선을 위배한다고 비판했다. 정치가가 '자기 정치'를 도모함은 칭찬하 고 격려해야 할 일이지 방해하고 처단할 일이 아니 다. 정치가가 '자기 정치'를 버리고 윗사람의 눈치 만 본다면 어찌 그를 올바른 정치가라 할 수 있겠는 가? 따라서 유승민 의원을 배신의 정치가로 몰아세 우기 전에 박 대통령이 해야 했던 것은, 왜 자신의 정치적 소신이 잘못 되었는지를 돌아보는 자기반성이었다.

위록지마(指鹿爲馬)란 고사성어가 있다. 진나라 때 사악한 환관이었던 조고란 자가 어리석은 호해를 황제로 옹립하고 자기 마음대로 권력을 휘둘렀다. 자신에게 반대하는 자를 내치기 위해 어느 날 사슴 한 마리를 어전에 끌어다놓고 황제에게 말했다. "폐하를 위해 좋은 말을 구했습니다." 황제가 "사슴을 가리켜 어찌 말이라 하느냐?"고 묻자 조고는 말이라 우기면서 중신들을 바라보고, "저게 말이요, 사슴이요?" 하고 물었다. 대부분 신하들이 말이라고 대답했다. 사슴이라 답했던 몇몇 제대로 된 신하들은 다른 죄목으로 죽음을 당했다고 전해진다. 이 고사에서 나온 '위록지마'란 말은 진실에 눈을 감고 무작정 권력에 아부하는 세태를 일컫는다. 박 대통령은 '위록지마'의 이른바 친박 세력들을 자기 사람으로 옹호하고, 사슴을 사슴이라 말한 이들이 자신을 '배신'했다고 내친 것 아니던가.

국민의 믿음을 저버린 박 대통령의 배신은 어떠한

가? 차라리 '자기 정치'를 하려고 했다면 국민들에게 위안이라도 될 것이다. 자기 정치는 고사하고 일부 사악한 환관들의 아부에 눈이 멀어 사슴을 가리켜 말이라 해도 그냥 믿었다. 얼마나 어리석은 대통령인가? 자기 정치도 못한, 국민에 대한 '배신의 정치'야 말로 두고두고 역사의 얼룩으로 남을 것이다.

그런데 배신의 논리를 다시 되새겨 보자. 배신이란 믿음을 저버린다는 뜻이다. 따라서 믿음이 없으면 배신도 없다. 뒤집어 생각해보면 배신을 당했음은 잘 못 믿어서 파생한 결과이다. 그래서 배신을 당했을 때 가장 먼저 해야 할 일은, '왜 내가 믿을 수 없는 사람을 믿었을까?' 하는 자신에 대한 반성이다. 사람을 잘 못 믿은 자신의 정확하지 못한 눈을 탓해야지 배신한 사람만 탓하고 앉아있다가는 아무 일도 이룰 수 없는 법이다.

우리 국민은 왜 믿을 수 없는 자를 대통령으로 선출했을까? 다수의 선택이 그렇게 어리석을 수 있을까? 이런 한탄이 절로 나오지만, 이제 국정농단 사태를 앞에 두고 우리가 해야 할 일은 탄식에서 벗어나는 것이다. 그리고 우리가 정치가를 바로 보지 못하는 맹목에 사로잡혀 있음을 반성해야 하지 않겠는가? 이념의 논리, 진영의 논리, 지역주의의 논리에 빠져 올바른 정치가를 선택하지 못한 그 감긴 눈을 바르게 뜨는 일이다. 이제라도 우리가 당한 배신에 대해 남 탓을 하기 전에 우리 자신의 맹목을 바로 보도록 해야 하지 않을까? 그러나 아직도 우리 정치판은 이념의 논리, 진영의 논리, 지역주의 맹목에서 벗어나지 못하고 있다.

뭐, 정치판은 원래 그렇다니까 내버려두고, 자기가 당한 배신에 대해서나 생각해보자. 사랑하는 사람으로부터, 친구로부터, 동료로부터 배신을 당했다면, 가장 먼저 할 일은 배신자를 욕하고 탓하는 게 아니라 자기의 어리석은 눈에 대해 되돌아보는 것임을 다시 새겨두자.

정치가의 거짓말
– 폭력의 반대말은 비폭력이 아니라 권력

　예술가는 진실을 드러내기 위해 거짓말을 하고, 정치가는 진실을 은폐하기 위해 거짓말을 한다고들 한다. 예술가의 거짓말이란 허구를 뜻하는 것이므로 성격이 전혀 다르지만, 정치가들에게 거짓말이 얼마나 일반화되어 있는지를 보여주는 말이다. 박 전대통령 탄핵 정국에서 우리는 정치가들의 어이없는 거짓말 행태에 또다시 치를 떨어야했다. 더구나 박근혜 전대통령의 연이은 거짓말은 폭력이라 말해도 과언이 아닐 정도였다.

　박근혜 전대통령에 대한 헌법재판소의 탄핵심판 결

정문에는 그 거짓말을 질타하는 내용이 들어있고, 대국민 기망행위는 헌법수호의지가 없음을 판정하는데 한 몫을 하였음을 적시하였다. 일부 정치인들은 이 부분을 들어 괘씸죄를 적용했다고 비판하고 있으나, 공개적인 대국민 담화에서 내건 약속조차도 지키지 않은 대통령의 행위는 괘씸한 정도의 성질을 가진 게 아니라, 정치적 폭력으로 보아야 한다.

안나 아렌트는 〈공화국의 위기〉라는 책에서 '폭력에 대한 반대말은 비폭력이 아니라 권력'이라고 했다. 즉 폭력에 대항할 수 있는 힘이 정당한 권력이라는 것이다. 그러나 아렌트는 정당하지 못한 폭정의 권력이 만들어내는 악에 신랄한 비판을 가했다. 안나 아렌트는 독일출신 철학사상가인데 유대인을 학살하는 히틀러 정권의 폭정에 프랑스로 도피했다가 우여곡절 끝에 미국에 망명한 바 있다. 이후 〈전체주의의 기원〉, 〈인간의 조건〉 등의 저서를 통해 전체주의와 정치적 악행에 대한 치열한 비판을 던져왔다. 전체주의에 대한 여성학자의 날선 목소리는 영화(《안나 아렌트》, 2012)로도 만들어졌다.

아렌트는 〈공화국의 위기〉에서 정치가의 거짓말이 역사에 어떤 죄상으로 남아있는지를 보여준다. 그 중에 한 가지가 베트남 전쟁을 일으킨 이른바 '펜타곤 문서' 사건이다. 나중에 〈뉴욕타임즈〉에 공개되어 '펜타곤 문서'로 불리며 세간에 알려진 이 문건의 공식 명칭은 '미-베트남 관계, 1945~1967'이다. 이 문서에는 캄보디아와 라오스에 대한 폭격, 북베트남 해안에 대한 폭격, 해병대의 상륙작전 등을 통해 전쟁을 고의적으로 연장했던 사실 등, 트루먼 대통령에서 존슨 대통령에 이르는 4개 행정부가 미국 시민들에 대해 거짓말한 사실이 기록되어 있다.

특히 세상을 놀라게 한 것이 '통킹 만 사건'이다. 북베트남 어뢰정이 미군 구축함 매독스호를 선제공격하였다고 알려진 사건으로, 미국은 이 사건을 구실 삼아 베트남전쟁 확전을 정당화시켰다. 그러나 펜타곤 문서는 그 '통킹 만 사건'이 기실은 전쟁을 확대시키려 했던 미국 정치인의 조작이었음을 폭로했다.

아렌트는 펜타곤 문서 사건을 예로 들면서 정부가 국가기밀이라는 이름으로 정보를 독점하는 행위가 의미하는 바를 따지고, 정치가 작동하는 과정에서 거짓말이 얼마나 체계적이고 조직적인지를 보여준다. 이 사건을 통해 우리는 권력의 폭력적 죄악이 전쟁으로 확대됨을 보게 된다. 아렌트는 정치 혹은 정치가에게서 거짓이 작용하는 원리와 그 파장을 다양하게 설파하였다. 거짓은 진실보다 더 그럴듯하게 보이기 때문에 이성을 활용해 판단하려는 우리에게 진실보다 더 설득력 있게 다가와 우리를 기만한다고 한다. 하지만 그녀는 '진리는 거짓에 대해 확고한 우위성을 갖고 있음'을 확고하게 설파하고 있다. 중요한 것은 사실을 탐색하지 못하게 하는 '정신습관'을 이겨내고 현실을 있는 그대로 볼 수 있는 능력을 키우는 것이다.

박근혜 대통령 탄핵 재판을 바라보면서, 정치가들의 거짓말에 새로이 경각심을 세워야 함을 느끼지만, 우리 정치사에서 이런 일이 계속됨에 대해 냉철하게 반성해야 한다는 생각도 하게 된다. 단지 정치인 몇 몇 사람을 욕하는 것으로 우리는 위안을 삼고, 이내 잊어버리고 만다. 안나 아렌트가 보여준 그 냉철한 현실분석을 통해 왜 우리의 정치사가 이렇게 혼탁한 지를 살펴야 한다. 그리고 우리에게 어떤 비판적 능력이 필요한지를 각성해야 할 것이다.

10cm의 논리
- 작은 열정이 큰 승부를 결정짓는다

FIFA U-17 여자 월드컵 아시아지역 예선대회에서 우리나라가 우승컵을 안은 적이 있다. 우리나라는 중국, 북한, 일본에 비해 여자 축구의 역사가 짧다. 중국은 이미 세계 최정상으로 인정받아 왔고, 북한 여자 축구도 그에 못지않은 실적을 거뒀다. 그에 비해 여러 여건이나 선수의 숫자가 부족한 우리나라 팀이 우승했음은 그만큼 피땀을 흘려야 가능했던 결과로 보인다. 값진 결실이 아닐 수 없다.

일요일 아침에 벌어진 일본과의 결승전 경기에서 우리나라는 조직력과 개인기에서 뒤쳐져 보였다. 어느 곳에 공이 가더라도 일본 선수의 숫자가 많아 보일 정도로 일본은 체력에서 앞섰을 뿐만 아니라 조직력에서는 월등한 우세를 보였다. 그럼에도 불구하고 승부차기로 승부를 넘길 수밖에 없었던 것은 정신력과 승부욕에서 한국에 밀렸기 때문이다.

결국은 두 팀의 실력을 종합적으로 따져 보자면 약간의 우열이 있기는 하지만 대체적으로 비슷하다고 보아야겠다. 이럴 때 승부는 운명이 가른다고 한다. 그렇게 보면 한편으론 한국이 일본보다 운이 더 좋았다고도 할 수 있다.

그 운이라는 것이 실제에서 어떻게 작용했는지 거슬러보면, 불과 10cm의 차이로 승리와 패배를 나누었다. 다섯 명의 승부차기가 다 끝나고도 승부를 가르지 못해, 비장하게 등장한 양 팀의 여섯 번째 선수들은 10cm의 차이로 승리와 패배의 주역이 되어버린 것이다. 일본의 여섯 번째 선수가 찬 공은 골대를 맞고 나오고, 우리나라의 여섯 번째 선수가 찬 공은 아슬아슬하게 골키퍼의 손과 골대 사이를 비집고 들어갔다. 그 간격이 겨우 10cm 정도가 아니었을까?

그 간격을 운명이라 말해버려도 누구 하나 부정하지 않을 것이다. 그러나 우리의 삶에서는 그 작은 차이가 실제적으로 크게 작용하곤 한다. 아주 작은 차이로 대학 입시에 합격하기도 하고 떨어지기도 한다. 우리 학생들의 성적도 마찬가지이다. 상대평가로 학점을 가르다 보니 아주 작은 차이로 B를 받기도 하고 C+로 떨어지기도 한다. 취업시험에서도 그런 일은 비일비재하다. 엄청난 경쟁률 속에서 취업전쟁을 치르다 보면, 면접 때 말 한마디 잘해서 합격하기도 하고, 자기소개서에 토씨 하나 잘 못 붙여서 불합격이 되기도 한다. 그러니 어찌 보면 우리 인생사의 매 고비마다 10cm의 원리가 작용하는 듯도 싶다. 우리의 삶이 결국은 운명의 장난에 놀아나는 것일까?

사실 이 10cm의 차이가 작은 것 같아도 작지 않다. 그 차이로 인해 한국 선수들은 기쁨에 들떠 태극기를 펼치고 그라운드를 누볐고 일본 선수들은 눈물을 쏟으며 그라운드를 떠났다. 2시간 30분의 싸움에서도 결정하지 못했던 승부를 10cm의 차이로 끝냈다면, 그 10cm가 어찌 작은 것이겠는가? 그런데 중요한 것은 그 10cm가 운명의 장난은 아니라는 것이다. 겉으로 보기에는 운의 작용 같아도 사실은 그 모든 것이 자신들이 만든 것임을 알아야 한다.

어쩌면 한국선수들은 일본선수들보다 승부차기 연습을 몇 번 더 했을지 모르고, 혹은 정신력 강화 훈련을 약간이라도 더 했을지 모른다. 그 차이가 10cm를 만들어낸 것이 아닐까? 다만 우리는 보지 못했으니까 모를 뿐이다. 우리는 자신이 모르면 운으로 돌리곤 한다.

그렇게 생각해보면 결국 우리의 인생에서 승부는 최후의 순간까지 기울이는 최선의 노력, 끝까지 달려드는 열정, 마지막까지 자신을 단련하는 정신력으로 이루어냄을 알 수 있다. 보이지 않는 작은 노력과 열정이 큰 승부를 결정짓는다.

협상의 원칙
- 문제에 대해서는 강경하게, 사람에 대해서는 유연하게

미국의 남북전쟁 당시 링컨 대통령이 어느 연설 도중에 적군인 남부군에 대해 우호적으로 표현한 적이 있다. 그러자 강경한 연방주의자인 어느 나이 지긋한 여성이 링컨을 향해 어떻게 남부군에 대해 우호적으로 언급할 수 있느냐며 비판했다. 그러자 링컨이 그 여성을 향해 이렇게 응답했다. "부인, 적을 친구로 만들었다면 이미 그 적을 무너뜨린 것 아닌가요?"

위 일화는 하버드의 석학 윌리엄 유리가 쓴 〈혼자 이기지 마라〉라는 책의 말미에 소개되어 있다. 윌리엄 유리는 협상의 중요성을 강조하면서, 진정한 협상은 상대방을 이기는 것이 아니라 함께 가는 것이라 말한다. 우리는 늘 경쟁 속에서 살고 있다. 그리고 그 경쟁에서 이겨야 한다는 강박감 속에서 살아가고 있다. 윌리엄 유리는 경쟁이 아니라 협상이 필요함을 여러 예를 통해 설명한다.

〈혼자 이기지 마라〉는 협상의 필요와 중요성을 강조하는 데에 그치지 않고 구체적인 협상의 방법에 대해 설파한다. 그 방법으로 다섯 가지를 제안하는데, 대부분은 상대방의 입장에서 생각하고 협력해야 할 내용이다. 이를테면 연봉 협상에서 예산이 빠듯하여 연봉을 올려주기 어려워하는 상사를 상대하면서 무조건 내 요구를 관철시키려 함은 어리석은 일이다. 상대방의 입장에서 판단하고, 상대방을 배려하면서 방법을 찾는 것이 현명하다. 그래서 연봉을 올려달라기 보다자신이 일을 더 하면 보너스를 얼마나 더 줄 수 있는지를 타진하는 방향으로 돌려보면 의외로 좋은 결과가 나올 수 있다고 한다.

또 18번째 낙타이야기를 들려주기도 한다. '죽음에 임박한 한 아버지가 세 형제에게 17마리의 낙타를 유산으로 남기면서 각각 1/2, 1/3, 1/9씩 나누어 가지라고 말했다. 아버지가 돌아가시고 난 후 세형제가 모여 아무리 머리를 맞대고 고민해도 낙타를 나눌 수 없었다. 17마리는 2로도 3으로도 그리고 9로도 나누어지지 않았다. 마침 지나가던 어느 할머니가 나에게 낙타가 한 마리 있으니 그걸 가지고 가라 하였다. 신통하게도 낙타 한 마리가 많아지자, 각각 9마리, 6마리, 2마리를 나누어 가지고도 한 마리가 남아서 할머니에게 돌려드릴 수 있었다.' 탈무드에 전해지는 이야기로 알려져 있고, 우리가 한 번쯤 들어본 이야기이기도 하지만, 유리는 이 이야기를 협상의 방법으로 제시한다. 즉 논리로 협상을 해결하려 하지 말라는 것이다. 수학적으로 해결할 수 없는 일들이 때로는 비논리적 발상을 통해, 즉 게임의 틀을 바꿈으로써 해결이 되기도 한다.

유리의 말을 빌리자면, 협상이란 쌍방의 이해관계가 충돌하는 일이 있을 때 그에 대한 합의를 이룰 목적으로 주고받는 소통 과정이다. 그런 의미에서 협상이란 정식으로 협상테이블을 가운데 두고 마주 앉아 의견이 충돌하는 이슈를 논의하는 행위에만 국한되지 않는다. 타인에게서 자신이 원하는 무엇인가를 얻고자 시도할 때마다 이루어지는 비공식적인 행위까지 협상에 포함된다. 그래서 우리는 일상 속에서 늘 협상을 해야 할 상황과 마주친다.

대학 강의에서는 조별 발표가 자주 생긴다. 대부분의 대학생들은 조별 발표를 달가워하지 않는다. 자신이 잘해도 다른 조원이 협조하지 않으면 좋은 결과를 얻을 수 없기 때문이다. 조별 발표 때는 늘 조원들 사이에 갈등이 생기곤 한다. 그래서 조별 발표를 잘 준비하려면 누가 어떤 일을 맡을지, 누가 시간을 더 할애할지 등을 협상해야 한다. 그 협상을 학생들은 힘겹게 여기거나 귀찮게 여기는 듯하다.

협상을 잘 해야 할 상황은 참으로 많다. 용돈을 타내기 위해 부모님과 협상해야 하고, 아르바이트를 하는 업소에서도 사장님과 임금, 일 시간을 두고 협상을 해야 한다. 이래저래 끊임없이 협상이 우리 눈앞에 나타난다.

대부분의 사람들이 끊임없이 해결해야 할 협상에 어려움을 겪는다. 협상에서 강경하기만 해서도 안 되고 유연하기만 해서도 안 된다. 강경하기만 하면 협상을 이루어낼 수 없고 유연하기만 하면 손해를 보게 된다. 〈혼자 이기지 마라〉는 협상을 경쟁으로 여기지 말라고 조언한다. 강경함과 유연함을 이분법적으로 다루지 말고 이 둘을 결합하라고 한다. 즉 '사람에 대해서는 유연하게, 문제에 대해서는 강경하게' 하자는 것이다. 우리가 살면서 경청해야 할 말이지만, 우리나라 정치인들에게 꼭 들려주고 싶은 명언이기도 하다.

정치인들은 한결 같이 협치를 내세우곤 한다. 협치를 하려면 협상의 정치를 해내어야 한다. 협치가 중요하다면서 협상의 정치는 피하기만 한다. 싸움에 익숙하고 협상에 서툰 것이 정치인뿐만 아니라 우리 한국인 모두의 문제일지도 모르겠다. 내가 아는 직장에 다니는 제자들 대다수가 연봉 협상을 어렵게 여기고 있다. 미국과의 무역 협상이나 중국과 벌이는 여러 현안에 대한 협상에서 우리 외교가 늘 손해 보는 듯이 느껴지는 것도 협상의 미숙함 때문 아닐까 여겨진다.

이제 우리는 경쟁 사회에서 협상 잘 하는 법을 익히는데 많은 시간을 투자해야 한다. 반드시 '사람에 대해서는 유연하게, 문제에 대해서는 강경하게!', 또 상대의 입장에서 배려하는 그런 협상의 기술을 미리미리 익혀두기 바란다.

애완견 유기, 마음의 유기
- 유기동물에 관한 슬픈 보고서

    어느 산골에 있는 펜션에서 하루를 머문 적이 있다. 관광지로 잘 알려진 곳도 아니고, 지역의 축제나 행사 등 특별한 이슈가 있는 곳도 아니다. 그럼에도 군이 그 펜션을 찾아간 것은 반려견을 데리고 갈 수 있다는 이점 때문이었다. 웬만한 숙박업소는 애완동물 출입을 허용하지 않는데, 최근 애완동물 동반을 허용하거나 환영하는 펜션들이 생겨나고 있다. 여행을 할 때마다 집에서 기르는 애완견을 혼자 두거나 동물병원에 맡기는 게 꺼림칙하던 차에, 동행이 가능한 펜션이 있기에 강아지와 동행하는 여행을 해보기로 했다.

그 펜션에 도착했을 때 처음 눈에 띄는 것은 마당 한가운데에 묶여 있는 강아지 한 놈이었다. 자그맣고 애교도 많은 놈인데 뭔가 관리를 잘 받지 못한 듯한 느낌을 주었다. 애견 펜션을 운영하는 주인이 기르는 개로서는 좀 실망스러운 모습이어서 개 한 번 보고 주인 한 번 보고 했더니, 주인이 눈치를 챘는지 며칠 전 숙박했던 사람이 버리고 간 유기견이라고 설명을 해주었다. 그 말을 듣고 보니 그 개가 유난히 처량하고 슬퍼 보인다.

우리나라에서 일 년 동안 약 10만 마리의 유기견이 생겨나고 있다 한다. 급속하게 늘어나는 유기견 증가는 하나의 사회 현상이다. 가장 큰 이유는 경제적 불황이다. 애완동물을 기르자면 어느 정도 비용이 들기 때문에, 경기가 나빠지면 유기견도 많아진다는 통계가 있다. 그러나 더 중요한 사회적 요인은 도덕적 책무감의 약화에 있지 않을까? 일단 애완동물을 기르기 시작하는 순간 생명을 보호하고 지켜야 할 책임을 갖는 것인데, 그 책임감을 애완동물과 함께 동시에 유기해버리는, 그것도 쉽게 유기해버리는 현상이 우리 주위에서 너무 많이 벌어지고 있다.

애완견 유기의 이유를 보면, 가장 많은 부류가 키우다 보니 처음 분양받았을 때의 귀여운 모습과 달라진다는 것이고, 그 외에 개가 새끼를 가져서, 아니면 자신이 이사를 해야 하므로, 혹은 가족 중 누군가가 병들어서 등이 많다고 한다. 그러나 그 이유들은 모두 개를 기르는 사람의 자기중심주의에서 나온 발상이다. 애완동물을 포기해야 마땅할 정도의 필연성을 갖지 못한 이유들이다. 자신이 맡고 있는 생명에 대한 책무감이나 윤리의식을 갖지 못해서 일어나는 발상이다.

일본인 동물보호활동가인 고다마 사에가 몇 년 전에 출판한 책 〈유기동물에 관한 슬픈 보고서〉는 우리에게 동물을 유기하는 바가 무엇을 의미하는지를 실감나게 보여준다. "국가의 위대함과 도덕적 수준은 그 나라에서 동물이 어떠한 취급을 받는가에 따라 판단할 수 있다."고 설파한 마하트마 간디의 말을 인용하면서 고다마는 생명을 버리는 유기 행위의 증가는 사회적 도덕성의 허약함을 보여준다고 강조한다. 우리나라 정부에서 운영하는 〈동물보호관리시스템〉에 따르면, 유기동물을 접수한 후 10일 동안 공고한 뒤 주인이 찾거나 새 주인에게 분양되지 않으면, 실험동물로 쓰거나 안락사를 시키게 된다고 되어있다. 그래서 유기견 순심이를 기르는 것으로 잘 알려진 이효리는 최근 만든 달력에서 애완견을 사지 말고 유기견을 분양받으라고 권하고 있다. 또 유기견은 병들고 나쁜 동물이라는 생각은 완전 잘못된 편견이라고 홍보하고 있다. 대부분의 유기견이 안락사 당하고 있는 게 현실적 실상이다.

고다마는 '안락사'라는 용어가 인간의 도덕적 허물을 덮으려는 꼼수라고 비판한다. '안락사'가 아니라 '살처분'이라 표현해야 한다는 것이다. 안락사는 살기 어려운 생명을 편하게 해주기 위해 어쩔 수 없이 결정하는 선택인데, 유기동물을 한꺼번에 죽이는 일을 어떻게 안락사라 지칭할 수 있느냐는 것이다. 그만큼 애완동물을 유기하는 행위는 살생에 가까운 끔찍한 일이다.

이 글을 읽는 분들 중에는 내 발등의 불도 끄지 못

하는 판에 뭐 한가롭게 유기견을 걱정하겠냐고 심드렁하게 여기는 이도 있을지 모르겠다. 우리에게는 그렇게 심각한 일이 아닐 터이다. 그러나 이것이 사회적 현상이라면 정말 남의 일이기만 한 것일까? 애완동물을 유기하는 일은 곧 생명을 유기하는 일이고, 이는 바로 자기 마음을 유기하는 일이기도 하다. 스스로 자기 마음을 저버리는 일을 행하기 때문이다. 어느 누가 생명체를 유기하면서 마음이 편하겠는가? 그러나 그런 행동을 실행하는 것은 사랑하는 마음을 저버리고 편한 육신을 선택한 결과를 낳는다. 결국 자신이 버리는 것은 애완동물이 아니라 바로 자기 마음이다.

아무리 경제가 어려워도, 경기가 안 풀려도, 자신의 현실이 편하지 않더라도, 마지막까지 지켜야 할 것은 자기 마음이다. 도덕적 경계선, 생명에 대한 존중심, 사랑하는 대상에 대한 최소한의 책무감은 지켜야 하지 않겠는가? 최소한 자기 마음만은 유기하지 말아야 한다.

성질 급한 한국인
– 선비처럼 여유롭게 판단하되, 실행은 부지런히 하라

요즘 TV를 보자면 '성질 급한 한국인' 콘셉트의 광고가 눈에 띈다. 상사가 내린 업무지시도 바로바로 해내어야 하고, 애인이 입에 넣어준 사탕도 와삭와삭 깨먹어야 하고, 컵라면도 채 불기 전에 먹어야 직성이 풀리는 게 한국인이라는 것이다. 물론 홍미를 끌기 위해 만든 광고이므로 과장되긴 하지만, '빨리빨리'를 외치는 한국인의 성격을 잘 이용한 CF들이다.

국제전화를 걸 때 대한민국의 국가표시 번호가 '82'인데 이 숫자가 '빨리'를 연상시키는 놈이어서 참 한국인의 급한 성질에 잘 맞춘 번호라 하던 어느 외국인의 우스갯소리를 들은 적도 있다. 엘리베이터의 닫힘 단추가 한국에서만 유달리 빨리 까매진다는 외국인의 말도 들은 적이 있다. 한국 사람들에게는 엘리베이터 문이 닫히기를 기다림도 힘들다는 것이다. 나는 누구보다 더 많이 닫힘 단추를 눌러댄다. 한국인 관광객들은 식당에 우루루 몰려가서 순식간에 먹어치우고 우루루 몰려나온다며 낄낄거리던 어느 중국인 종업원의 말도 들은 적이 있다.

이 '빨리빨리' 성격이 외국인들의 눈에 '여유 없음'으로 비춰지기도 하고, '품위 없음'으로 인식될 수도 있으리라. 그런데 이런 여유와 품위를 잃어버린 것으로 보일 수 있는 급함이 원래 우리 민족의 특성은 아니다. 조선 시대까지만 해도 선비의 선비다움은 느긋하고 천천히 움직이는 여유로움에 있었고, 시조나 민요 등의 노래도 천천히 흐르는 운율을 지녔다. 우리의 성질 급함은 아마도 근대사를 달려오면서 형성된 어떤 역사적 환경 탓일 듯싶다.

늘 외세의 침탈에 시달리고, 식민지 경험을 겪고, 전쟁 중의 피난을 겪다보니, 빨리 움직여야 생존할 수 있거나 손해를 보지 않는다는 무의식적 경험이 원형질로 형성된 것 아닐까? 빨리 먹지 않으면 제 몫을 다 챙길 수 없다는 의식이 식생활 습관에 배어든 것이라든가, 빨리 결정하지 않으면 어떤 재난을 당할지 모른다는 불안감이 스며든 것이리라.

역설적으로 이 '빨리빨리'의 방식이 한국 경제의 급성장에 긍정적으로 작용했다는 주장도 있다. 삼성이 소니를 이긴 것이나, 현대기아자동차가 두각을 드러낸 것에는 CEO나 총수의 빠른 의사결정이 주요 요인이라고 분석한 글도 있다. 디자인 경영을 선언한 기아자동차에서 빼어난 성과를 보여준 세계적 자동차 디자이너가 말하기를, 기아자동차의 디자인 혁신은 상층부의 빠른 의사결정에 힘입은 바 크다고 했다. IT 강국이 된 것도 반도체나 화학 분야의 혁신적 주도국이 된 것도 다 빠른 결정과 실행의 덕분이라 볼 수 있다.

그렇게 보면 한국식 '빨리빨리'는 한국인의 단점이기도 하지만 장점이기도 하겠다. 빠르게 움직이는 것을 무조건 나쁘다고 말할 수는 없다. 하지만 경우에 따라서는 느리게, 천천히 결정하거나 진행해야 할 일이 있는 법이다. 특히 인간의 생각이나 심리, 인격적 요인이 작용하는 분야일수록 천천히 여유를 갖는 지혜가 필요하다.

빨리 사랑을 이루면 깊고 진실한 사랑을 가꾸기 어렵다. 빨리 지은 밥이 깊은 맛을 제공할 수 없다. 그러므로 때에 따라서는 빠른 결정이 지혜로울 수 있지만 또 천천히 다지고 우려내는 지혜가 필요할 때도 있다.

학생들의 취업 때문에 대학들이 몸살을 앓고 있다. 왜 대학이 취업의 관문이 되어버렸는지는 알 수 없지만 학생들의 취업률을 높여야 함은 현실적 문제가 되어버렸다. 현실적 문제이긴 하지만 하루아침에 해결될 문제는 아니다. 취업률의 향상이란 많은 것을 준비하고 전문적인 인력과 방안이 있어야 가능한 일이다. 그럼에도 정부 부처도 대학 당국들도 지나치게 눈앞의 실적에만 매달리는 듯하다. 사탕을 깨어먹듯이 해결할 일이 아닌데도 왜 당장 내 목에 단물이 들어오지 않는가 하고 안달을 한다.

반대로 학생들의 태도를 보면 지나치게 여유롭다. 세상이 빠르게 바뀌는데 일부 학생들을 보면 자신들만 험난한 세상의 국외자인양 한가롭게 놀기 바쁘다. 당장 취업자리가 생기는 것이 아니므로 천천히 준비해서 자신을 만들어내어야 한다. 또 직업이란 평생을 거는 일이기도 하다. 그러므로 '빨리빨리' 취업을 결정할 수 없다. 취업을 위한 차근차근한 준비와 어떤 일이 자기에게 맞고 자기가 잘 할 수 있는지를 잘 따져야 한다.

하지만 그 결정과 실행은 빠르게 이루어져야 한다. 빨리 자기의 희망 분야나 삶의 길을 찾아야 하고, 그 길이 정해지면 자신의 취업을 위한 준비 작업을 빠르게 진행해 나가야 한다. 이를테면 어느 직종의 전문가가 되는데 3년이 소요된다면, 2학년이 되기 전에 그 준비에 착수해야 한다. 그렇게 자기의 힘을 충분히 기른 다음에 느긋하게 좋은 직장을 찾고 신중하게 취업을 결정해야 한다. 대체로 우리 학생들은 빨리 진행해야 할 일은 미루다가 채 준비도 안 한다. 그러다가 졸업할 때가 가까워지면, 당장 취업이 안 된다고 안달을 한다.

아빠가 아이에게 '밥 빨리 먹어. 천천히 먹고.' 라고 말한다면 모순된 말을 하는 것일까? 그렇지 않다. 밥 먹는 일은 한눈팔지 말고 열심히 먹되, 씹지 않고 급히 삼켜서 체하면 안 된다는 뜻이다.

취업 준비는 빨리 하고, 천천히 해야 한다고 말한다면 이는 모순 어법이 아니라 취업이라는 그 자체의 성격을 잘 파악해서 열심히 준비하고 신중하게 결정하라는 뜻이 될 것이다. 이러한 지혜가 필요한 때이다. '빨리빨리'의 한국인 기질을 잘 이용하면서 또 신중하고 여유로운 선비정신도 되살리자는 것이다.

대입과 사교육
- 문제를 고치지 못하는 문제

평온한 사회에서는 언론이 시끄럽지 않다. 합리적이고 안정적인 사회일수록 사건, 사고가 많지 않고, 따라서 언론이 흥분하여 떠들 기사거리도 적은 게 당연하다. 조용한 사회가 반드시 바람직하지만은 않다. 언론이 조용함은 사회가 지나치게 안정을 추구하여 혁신의 에너지를 분출하지 못함을 반증하는 것이기도 하다. 사회가 정말 이상적으로 이루어져서 모든 일이 바람직하게 진행된다면, 그래서 비판할 것도 고칠 것도 그다지 없다면 얼마나 좋겠는가? 그게 아니라 비리와 불합리가 판을 치는 데도 언론이 조용하고 여론이 방치하고 있다면, 그 사회는 전혀 발전할 가능성이 없을 것이다.

최근 우리나라는 사회적 병증이 너무 많이, 그리고 너무 깊이 퍼졌다. 가장 깨끗해야 할 분야가 교육일진대, 어찌 된 일인지 날마다 교육계의 비리가 터져 나온다. 매관매직이 일상사가 되었고, 학교 급식, 교복 등 학생과 관련된 모든 일에 부정한 돈이 움직이고 있다. 최근에는 어느 대학교 축구 감독이 돈으로 승부를 조작하고, 학부모들의 찬조금을 강요하여 유흥비로 횡령하는 일까지 벌어졌다. 학교에서 벌어지는 이 어이없는 부정들은 이제 너무나 널리 퍼져, 그런 사안이 언론에 공개되어도 누구 하나 놀라지 않을 지경이 되었다.

교육 분야가 이런 정도라면 우리 사회의 부패 정도는 매우 심각하다 봐야 한다. 그러나 우리 언론은 그 심각성에 비해 그다지 비판에 적극적이지 않아 보인다. 우리나라 교육이 병들었음을 떠든 세월이 참 오래되었다. 한국관광공사 사장을 역임한 바 있는, 독일에서 귀화한 이참 씨가 15년 전 쯤 어느 방송에서 한국을 비판하던 말이 생각난다. 그 당시 이참(당시 이한우 란 이름을 썼다) 씨가 한 말을 대충 정리하자면 다음과 같을 것이다. "한국에서 가장 큰 문제는 교육이다. 특 히 대학입시를 위한 사교육 폐해는 너무 심하다. 그런 데 정말 이해할 수 없는 것은 20년 전에도 들었던 이 문제를 지금도 똑같이 듣는다는 사실이다. 왜 20년 동안 아무 문제도 해결하지 못하는가?" 다시 말하면 문제가 있다는 사실 보다도 문제가 있음을 알면서 고 치지 못하는 게 더 큰 문제 아니냐는 것이다.

그런데 그로부터 15년이 더 지난 지금, 우리는 여 전히 같은 문제를 안고 홍역을 치르고 있다. 정부는 그제나 지금이나 사교육 없애 버려야 한다며 난리 고, 대학은 대학대로 이런저런 제도 변화를 꾀하고 있다. 그러나 아무 문제도 고쳐지거나 해결된 것이 없다. 교육계의 비리는 끊임없이 반복되고 있다. 중 고등학교 학생들은 여전히 엄청난 학업분량에 시달 리거나 아니면 아예 공부와 담을 쌓은 이상한 양극 화를 유지하고 있다.

우리 사회를 발전시키고 유지시키는데 가장 중요한

분야가 교육임을 부인하는 사람은 아무도 없다. 그런데 교육의 혁신에는 어느 누구도 자신 있는 목소리를 내지 못하고 있다. 교사들이 30년 전이나 지금이나 공부하지 않기는 마찬가지이다. 교사들에 대한 평가를 거부하면서 무사안일의 자세를 고수하려 한다. 학생이나 학부모는 30년 전이나 지금이나 학교를 믿지 못하고 사교육에 의존하려 한다. 교육계를 이끄는 공무원들은 한결같이 비리를 양산하면서 새로운 교육 환경을 만드는 데 힘을 쏟지 않는다. 이래서야 어떻게 교육의 혁신을 꿈꿀 수 있겠는가?

몇 십 년 동안 쌓여온 문제 덩어리가 교육 분야라면, 이는 적폐 중의 적폐가 아닐까? 그런데 정말 적폐의 문제는, 즉 문젯거리가 적폐로 쌓여오는 것은, 문제임을 인지하고도 고치지 않기 때문에 생기는 현상이다. 비단 교육 분야의 문제뿐만 아니라, 우리 사회에는 모두가 문제라고 인식하면서도 아무도 그것을 고치려 하지 않아서 쌓여온 것들이 너무 많다. 문제를 문제라고 알면서 고치지 않는 문제, 이것이 우리 사회의 가장 큰 문제일 터이다.

스승의 날과 김영란 법
– 선뜻 주고받으면 선물, 뇌를 써서 주고받 으면 뇌물

중국 후한시대 사마광이 편찬한 〈자치통감〉은 뛰어 난 역사편찬서다. 사실인지 알 수 없지만 모택동이 17 번이나 읽었다고 알려진 이 책은 조선의 선비들도 필 독서로 꼽곤 했다. 사마광에 관한 일화 중 하나로 잘 알려진 것이 있다. 어릴 적 친구가 독에 빠져서 나오지 못했을 때, 다들 좁은 독의 입구로 사람을 꺼내려 허 우적대자, 사마광은 과감하게 돌로 독을 깨뜨려 친구 를 구해냈다. 생각의 전환이 주는 실용적 효과를 강조 하는 일화다. 그래서인지 사마광은 〈자치통감〉에 당 시로서는 새로운 관점을 드러내기도 했다.

〈자치통감〉에서 사마광은 후한의 초대황제였던 명군 광무제를 평가하는데, 왕망을 패퇴시키고 한을 재건하는 영웅적 성취보다는 신하 탁무를 발탁하여 요직에 앉힌 점을 광무제의 더 중요한 업적으로 꼽았다. 탁무는 직급이 낮았지만 어진 사람이었기에 광무제가 이를 알아보고 중용했던 것이다. 좋은 인재를 잘 고르고 발탁하는 일이 통치에서 얼마나 중요한지를 강조하는 대목이다.

그 탁무가 밀현 지방의 목민관으로 있을 때였다. 탁무는 백성들을 가족처럼 돌보고 나쁜 일을 행하지 않았기에 모든 백성들의 존경을 받았다. 하루는 백성 중에 한 사람이 정장이라는 관리를 고발하는 상소를 올렸다. "정장은 나에게 쌀과 고기를 받아먹었습니다. 나의 뇌물을 받아먹었으니 죗값을 치러야 합니다." 이 상소문을 받은 탁무는 상소를 올린 백성을 불렀다.

"정장이 너에게 쌀과 고기를 달라고 한 게 사실이냐?"

그러자 그 백성은 고개를 저었다.

"아닙니다."

"그럼 네가 청탁할 일이 있어서 주었느냐?"

"아닙니다."

"아니면, 평소에 정장에게 무슨 은혜를 입은 바 있어서 쌀과 고기를 주었느냐?"

"그것도 아닙니다. 그저 가서 주었을 뿐입니다."

"그렇다면 네가 주어서 받은 것뿐인데, 어찌하여 상소를 올렸느냐?"

"제가 듣기에 현명한 임금은 백성이 관리들을 두려워하지 않게 하고, 관리들은 백성에게서 취하지 못하게 했다고 합니다. 지금 저는 관리들을 두려워하고 있습니다. 그래서 제가 먼저 쌀과 고기를 갖다 준 것입니다. 그리고 관리는 그것을 받았습니다. 그런 까닭에 상소를 올린 것입니다."

그러자 탁무는 노하여 큰소리로 꾸짖었다 한다.

"너야말로 몹쓸 백성이구나. 관리가 위력을 가지고 강제로 요구하는 것은 부당하지만, 내가 알기에 정장은 착한 관리이다. 더구나 네가 정장에게 준 쌀과 고기는 뇌물이 아니라 선물이라고 볼 수 있다. 선물을 보내는 것은 뇌물이 아니라 예법인 것이다."

"참으로 이치가 그렇다면 법에서 왜 이것을 금합니까?"

탁무가 웃으면서 말했다.

"법이란 본시 큰 테두리만 설정해 놓는 것이다. 그리고 예법은 인정에 따르는 것이다. 지금 내가 법률대로 너를 다스린다면 너는 손발을 제대로 놀릴 수 없을 것이다. 돌아가서 잘 생각해 보아라."

김영란법이 스승의 날을 퇴색시키고 있다. 스승의 날 선물을 두고, 오고가는 논리들이 스승의 날 자체를 더럽히고 있다. 다음은 스승의 날에 한국교원단체총연합회가 발표한 글의 일부이다.

"스승의 날에 카네이션을 전달하는 것은 단순히 꽃을 전달하는 것을 넘어 사제 간 전통적 모습의 상징으로, 카네이션 한 송이가 사회적 비판과 척결 대상인 부정부패나 청탁행위가 될 수 없다는 점을 강조한다. 또한 제자의 스승에 대한 감사 표시조차 '부정청탁 및 금품 등 수수의 금지에 관한 법률(김영란법)' 위반으로 해석할 경우, 교사-학생-학부모 등 교육공동체 구성원 간 존중과 신뢰, 감사 관계가 깨어지고 기계적·

형식적 관계로 전락할 수 있다."

스승의 날에 선물을 하는 것이 정말 부정청탁에 해당하는 것일까? 탁무의 탁견에 귀를 기울이자고 제안하고 싶다. 법이란 큰 테두리를 정해둔 것이고, 예법은 인정에 따른 다는 것, 그리고 모든 것을 법의 논리로만 다스린다면, 어느 누구나 손발 하나 꼼짝할 수 없다는 것 아닌가?

선물을 잘 하는 것이 예법이라면, 그도 배워야 할 덕목의 하나이다. 스승에게 선물하면서 선물을 잘 하는 법을 배우는 것 또한 교육의 일환이어야 하지 않을까? 왜 그것이 뇌물로 악용된다고 우려하는지 모르겠다. 당연히 부당한 뇌물 수수는 막아야 한다. 오히려 지금보다 훨씬 더 강력하게 처벌해야 한다. 하지만 예법마저 막는 일은 법 만능주의의 전횡을 낳을 수 있으니 조심해야 한다. 법을 다루고 정치를 하는 사람들이 탁무의 말에 한번쯤 귀를 기울여야 하지 않을까? 우리는 지나치게 법 만능주의, 법 편리주의에 편승하여 사회를 만들어가고 있다.

그 전에 우리 모두가 선물과 뇌물을 잘 구별하는 판

별력을 가져야 할 것이다. 나는 농담 삼아 학생들에게 '선뜻 주고받으면 선물, 뇌를 써서 주고받으면 뇌물'이라고 말하곤 하지만, 정말 아무런 거리낌 없이 선뜻 주고받을 수 있는 인정과 예법은 그것대로 지켜야 하지 않겠는가? 김영란 법이 꼭 필요하다고 여기지만, 다시 생각해서 개선해야 할 점도 많아 보이기에 하는 말이다.

손숙오의 수레바퀴
- 깨닫고 실천하는 민중의 지혜

    우리나라 안전 불감증을 지적하는 걱정소리가 쏟아짐은 어제오늘의 일이 아니다. 세월호 사건은 안전 불감증이 극대화되어 나타난 현상이다. 숱한 어린 생명의 희생이 가슴 아프기 짝이 없지만, 아픈 희생을 통해 이제는 안전에 대한 의식이 굳건해지는 처방은 된다면 그나마 큰 다행일 것이다.

    그런데도 안전 불감증이 초래한 사건이 연이어 발생하고 있다. 화재 사건, 항해 중 선박 충돌 사건 등등 연이어 안전 불감증에서 초래한 사고들이 터지고 있다. 이처럼 안전 불감증이 심각하다보니, 웬만해서는 안전

의식을 심기가 어렵다. 안전에 주의를 기울이자고 부르짖는다 해서, 안전을 중시하자고 외치기만 해서는 해결될 수 없다. 안전에 대한 의식으로 사회 전체가 새삼 재무장해야 할 것이다. 그러자면 결국 국가에서는 안전을 지킬 수 있도록 법적 시스템을 만들어야 한다.

그런데 그렇게 시시콜콜 법적 제도를 만들어내면 그것들이 이제는 규제가 된다. 그렇지 않아도 규제가 지나치다는 불평들이 쏟아지고 있다. 매년 규제 철폐가 사회적 이슈로 대두된다. 안전을 위하자니 여러 법적 장치가 필요하고 그러자니 규제가 많아진다. 안전을 위한 제도 정비와 규제 철폐는 어찌 보면 상호모순의 관계에 있는 듯이 보인다.

초나라 장왕은 중국 역사상 세 번째로 천하를 재패한 왕이다. 그가 위업을 이룬 데에는 손숙오(孫叔敖)라는 명 재상의 힘이 컸다고 사관들은 기록했다. 〈사기열전〉을 쓴 사마천도 손숙오를 장왕의 업적을 빛낸 공신으로서 가장 모범적인 정치인으로 꼽았다. 그 손숙오에 얽힌 고사가 많은데, 그 중 다음과 같은 일화가 전해진다.

초나라 사람들은 바퀴가 작고 낮은 수레를 만들어 썼다. 타기 편하고 가벼운 것을 좋아해서 그런 수레를 사용했던 것으로 보인다. 민생을 중시한 장왕은 그 작은 수레를 바퀴가 큰 수레로 개선해야 할 필요성을 느꼈다. 높이가 너무 낮으면 말이 끌기에도 힘들고 물건을 실어 나르기에도 불편했던 것이다. 왕은 재상인 손숙오를 불러, '말도 편하고 더 빠르게 달릴 수 있도록 수레의 표준을 바꾸라'는 법령을 내릴 것을 명령했다. 손숙오도 왕의 의견에 동의했지만, 바로 새로운 제작 기준을 만들어 공포하지 않았다. 손숙오는 백성의 입장에서 이 문제를 생각해보고, 강제적으로 수레를 높이라고 법령을 발표하면 백성들에게서 불평이 나올 게 틀림없으니 어떻게 하면 백성들이 자발적으로 수레의 높이를 높이도록 만들 수 있을지를 생각했다.

오랜 고민 끝에 손숙오가 왕에게 진언을 올렸다. "법령을 자주 내리면 백성은 어느 것을 따라야 할지 모르게 되므로 좋지 않습니다. 왕께서 꼭 수레를 높이고자 하신다면, 청컨대 마을로 들어가는 문지방을 높이도록 하십시오." 문지방을 높이면 바퀴가 작은 수레는 문지방을 넘을 수 없으니 수레에 타고 있던 사람은 수레를 들어 문지방을 넘길 때까지 일단 내려야 한다. 그러나 수레를 타는 사람들은 대체로 신분이 높은 사람들이라 수레에서 자주 내리고 타기를 귀찮아 할 것이다. 자연히 문지방을 그냥 넘을 수 있을 큰 바퀴가 필요해진다.

장왕은 손숙오가 왜 그런 의견을 냈는지 이해할 수 없었지만, 자신이 믿은 재상이었으므로 그의 말을 따랐다. 손숙오는 법령을 공포하는 대신 문지방을 높이는 공사를 독려했다. 문지방을 높인 마을에서는 바퀴가 작은 수레로 다닐 수 없었기에 문지방을 높인 마을이 늘수록 수레를 이용하는 사람들의 불편도 늘었다. 급기야 반년이 지나자 백성들은 스스로 수레를 높였고 자연히 바퀴가 낮고 작은 수레는 저절로 없어졌다. 굳이 법령을 만들어 공포하지 않아도 문제가 해결된 것이다. 이 일화에 대해 사마천은 이렇게 교훈을 적었다. "가르치지 않아도 백성이 그 교화를 따랐다. 가까이 있는 자는 이것을 보고 본받고, 먼 곳에 있는 자는 이것을 듣고 본받는다."

손숙오의 일화에서 우리가 배울 수 있는 것은, 억지로 안전을 지키도록 법과 제도로 강요하는 것보다 각자가 스스로 깨달아 안전을 실천하게 하는 것이 가장 좋은 방안이라는 점이다. 규제가 되고 되지 않음은 각자의 의식에 달려 있는 것이다. 위정자, 행정가, 정치인들이 꼭 배우고 가슴에 담아두어야 할 교훈이지만, 우리도 누가 시키거나 법으로 정해야만 움직일 게 아니라 자기의 가치와 필요에 의해 스스로 실천함이 중요함을 명심해야 할 것이다.

미국 의사 김신

– 한국의 사회 정의, 어디로 가나?

2017년 9월 한국예술인복지재단은 다음과 같이 시작하는 사과문을 발표했다. "지난 9월 15일(금) 창작준비금 3차 접수 관련, 홈페이지 서버 다운으로 인해 예술인 여러분들께 크나큰 좌절과 실망을 안겨드렸습니다." 한국예술인복지재단은 형편이 어려운 청년예술인들에게 경제적 여건으로 예술 활동에 장애가 생기지 않게 창작 활동을 위한 창작준비금을 지원하고 있다. 이번 '창작준비금 3차' 사태는 재단 측에서 7시간 안에 온라인으로 신청하도록 했기 때문에 발생했다. 금년도 마지막 지원금이라 많은 예술인들이 몰렸는데, 짧은 시간 안에 신청을 마쳐야 하니 서버에 과부하가 걸려 다운되고 말았던 것이다. 왜 그렇게 신청기간을 짧게 잡았는지 의구심이 늘어나고 있다.

재단 측에서 사과문을 발표했으나, 적은 액수나마 지원금을 받아 창작에 몰두하려 했던 젊은 예술인들은 자존심에 적지 않은 상처를 입었다. 창작한답시고 돈 때문에 그렇게 노심초사해야 한다는 사실 자체가 예민한 예술인들에게는 아프게 느껴지는데, 그나마 신청조차 못하고 농락을 당한 셈이니 오죽하겠는가?

한국예술인복지재단은 먹지 못해 죽은 것으로 알려진 시나리오 작가 최고은 사건에 따라 제정된, 이른바 최고은법이라 알려진 예술인 복지를 위한 법률에 의해 설립된 곳이다. 재단이 설립되었지만 창작지원금 제도 외에는 괄목할만한 예술인 지원 프로그램을 시행하고 있지도 않다. 그 창작지원금마저 제대로 쓰이고 있는지 의구심을 가진 예술인들도 많다. 누구를 예술인으로 인정해야 할지, 세금으로 지원하는 돈을 받을 자격이 있는 사람이 누구인지, 명확하게 판단할 근거도 없이 수박 겉핥기로 지원 대상자를 선정한다는 불만도 있다. 나도 그 지원금이 제대로 쓰일지 모르겠다는 우려를 어느 글에 쓴 적이 있지만, 우리나라의 복지 제도 자체가 지닌 허술함은 예술가지원금에만 국한된 것이 아니다.

줄줄 새는 나랏돈에 대한 걱정은 보편적 복지를 추구한 이래 계속되어 온 논란거리인데, 이에 대한 대책은 어느 정부에서도 내놓은 바 없다. 서로 표를 의식해 복지를 늘려오기만 했지, 아까운 국민 세금을 제대로 사용하기 위한 노력과 대책 마련을 보여주진 않는다.

나의 지인 한 분은 오래 전에 베트남으로 이주해서 사업을 크게 벌이고 있다. 전 가족이 베트남에서 살고 있고, 거기에서 경제활동을 하고 있다. 자연히 우리나라에 세금 한 푼 내지 않는다. 그런데도 이번에 65세가 되었다고 대한민국 정부에서 노인연금을 지불하겠다고 연락이 왔다는 것이다. 나라에 세금을 내는 사람도 아니고, 경제 형편도 상위층에 속하는 이에게 왜 아까운 세금으로 연금을 줘야 하는가?

미국 의사 김신(Shine Kim) 씨는 한국에서 출판한 그의 저서 〈한국의 사회정의 어디로 가나! 멀리서 조국을 생각하면서!〉라는 책에서 이와 비슷한 일화 몇을 소개하고 있다. 그가 잘 아는 미국인 의사는 한국전쟁 때 참전한 바 있는데, 지금은 의사로서 부유하게 생활하고 있는 그에게 한국정부가 연금을 지불한다는 것이다. 또 미국에서 비즈니스로 성공한 이민자에게 기초생활자에게 주는 연금을 한국 정부가 지급하는 사례도 있다고 한다.

김신 씨는 한국에서 의과대학을 졸업한 뒤 미국으로 건너가 캘리포니아에서 개업의로 활동한 지 30년이 넘은 분이다. 그런 사람이 한국의 사회 정의가 걱정되어 쓴소리를 뱉고 있다. 도대체 한국은 어디로 가고 있느냐고 묻고 있다.

사회 정의를 무너뜨리는 악의 축 한편에 복지 도둑들이 있다. 한 해 우리나라 자동차보험회사에서 지급하는 배상금 중에 가짜 사고, 나이롱 환자들에게 나가는 돈이 5조가 넘는다는 통계도 있다. 그래 놓고 보험회사들은 적자라고 아우성을 치다가 보험금을 올려서 메우고 있다. 결국 성실하고 건전한 일반 운전자들만 과중한 보험금을 납부하게 된다.

　정부는 마구잡이로 의료보험 혜택을 늘이고, 공무원을 늘이고, 공공기관에 근무하는 비정규직을 정규직으로 전환시키려 하는데, 도대체 그렇게 늘어나는 복지 예산은 누가 감당해야 하는지 모르겠다. 당장은 기업의 법인세를 올리는 등 기업으로부터 더 거둬들이면 된다고 하지만, 늘어나는 복지 예산은 얼마 안가 국민 개개인에게 부담을 되돌려줄 것이다.

　그러니 사회 정의를 위한 복지 개념을 다시 돌이켜 보아야 할 때가 되었다. 복지의 혜택이 누구를 위한 것이며, 어떤 사회를 만들기 위한 것인지, 냉철하게 따져 보고, 전반적으로 제도를 정비해야 한다. 그러지 않으면 모두 다 잘 살기 위한 복지 정책 때문에 모두가 고통에 빠질 수도 있다. 적어도 이번 예술가지원금 사태처럼, 복지 정책으로 인해 상대적 박탈감을 느끼는 사람은 나오지 않아야 할 것이다.

민세 안재홍 선생
- 참된 세력은 민심에서 나온다

매년 11월에는 민세상 시상식이 열린다. 민세상은 민세(民世) 안재홍 기념사업회에서 안재홍 선생을 기리기 위해 제정한 상이다. 민세의 〈백두산 등척기〉라는 책이 있다. 이 책은 안재홍 선생이 1930년 여름, 민족의 성소인 백두산을 16일간의 여정으로 돌아보고 쓴 기행문인데, 정민 교수가 지금의 맞춤법으로 풀어 썼다. 백두산의 풍경에 대한 묘사뿐만 아니라 백두산에 얽힌 민족의 역사에 대한 사념을 해박한 역사지식과 현실에 대한 통찰력으로 담아낸 명저이다. 무엇보다 이 책은 우리 민족의 고단한 삶에 대한 한 민족주의자의 절절한 심회를 전한다.

안재홍 선생은 민족주의자로서 저항의 역사의식을 후손에게 남겨주었는데, 많은 업적 중에 내가 보기에 가장 중요한 것은 신간회를 이끌었던 충정이 아닐까 싶다. 신간회는 1927년부터 1931년 사이 짧은 기간밖에 활동하지 못했지만, 나라를 잃어버린 식민지 상태에서 좌익과 우익이 분열되어 민족운동의 동력이 떨어진 상황에서 좌익과 우익이 하나로 뭉쳐 민족운동을 펼치고자 했던 항일운동단체였다. 민세는 나라를 위해서는 이념과 당파를 앞세워서는 안 된다는 신념으로 신간회의 창설과 활동에 앞장섰다.

박근혜 대통령의 퇴진을 바라는 국민의 촛불시위가 오래 계속되는 것을 보면서, 단합된 민심의 아우성이 그리도 높고 절실한데 정작 지도자라는 사람들은 시간을 끌기만 하면서 자신들의 안위만 생각하는 모습이 한심하다 생각한 적이 있다. 국민을 대표한다는 사람들이 국정이 이 지경인데도 오랜 시간동안 구체적인 방안을 제시하지 못했다. 그 어디에서도 민심, 민생, 민족을 위한 리더십을 찾아볼 수 없다.

이 상황에서 새삼 안재홍 선생이 호가 '민세(民世)'임을 떠올려 본다. '민세(民世)'란 민의 세상이란 뜻이니, 백성 한 사람 한 사람이 주인이 되는 세상을 의미하리라 해석된다. 그렇다. 이 세상의 주인은 '민'이다. 대통령의 권력도 국민에게서 나오고, 모든 정당과 정책, 정치의 중심도 '민'에 있어야 한다. 그러니 어느 누구도 민심을 거스를 수 없는 법이다.

어느 글을 보니 민세 안재홍 선생의 호에서 '세'의 한자를 '勢'로 봐야 한다고 했다. 즉 민주주의 사회에서 민세(民世)를 끌어가는 것은 민세(民勢)라는 주장이다. 세상의 흐름을 움직이는 참된 세력(勢力)은 민심에서 나온다는 의미다. 물론 언어유희 같지만, 가만히 생각해보면 참 그럴듯한 주장이기도 하다. 어느 누구도 민심을 이길 수 없으니 민의 세력이야말로 하늘과 같다. 민세 선생도 민족의 힘이 일부의 지도자들에 있는 게 아니라 전체 국민의 주인의식에서 나옴을 설파했었다.

물론 안재홍 선생에 대한 평가는 다양할 수 있다. 강제 합병, 독립운동, 해방, 정부수립 등 급박한 조국의 정세 속에서 많은 일에 관여하였으므로, 또 그 결과가 늘 불행한 방향으로 귀착되었으므로 후학의 평가가 좋기만 할 수는 없을 것이다. 하지만 신간회 활동을 통하여 민족의 항일운동 전선에 이념이 방해가 되어서는 안 된다는 그 신념은 우리가 새삼 되새겨야 한다. 우리는 계속 진영의 논리, 정당의 논리, 이념의 논리, 지역주의의 논리로 정치지도자들을 선택했고, 늘 그 선택을 뼈저리게 후회해 왔다.

정치가 어지러운 이럴 때, 특히 진영의 대립으로 정치가 제 길을 찾지 못할 때일수록, 보수와 진보, 여당과 야당을 떠나서, 진정으로 민을 주인으로 섬기는 것만이 바른 길이 된다. 민이 영원한 세상의 주인이자, 가장 강대한 세력임을 가슴에 새겨서 진정한 민주주의를 완성해야 할 때이다. 오랜 세월 우리를 보위했던 백두산의 정기를 가슴에 안고서 그 길을 힘차게 걸어 나가야 한다.

태권도 국가대표 이인종
- 주특기가 없는 것이 특기

우리나라 태권도 선수들은 올림픽에서 금메달 따는 것보다 국가대표에 뽑히는 것이 더 어렵다고들 한다. 워낙 국내 선수들 간의 경쟁이 심한 까닭이다. 일단 우리나라 국가대표로 올림픽에 출전만 하면 금메달은 따 놓은 당상이기도 하다. 그 어려운 경쟁을 뚫고 런던 올림픽에 출전한 태권도 국가대표 중에 눈길을 유난히 눈길을 끄는 선수가 있었다. 여자 +67kg 급의 이인종이다.

올림픽 도전 네 번 만에 대표선수로 선발된 이인종은 당시 31살이었다. 그 나이에 올림픽 대표선수로 선발될 수 있을 것이라 믿은 사람은 별로 없을 것이다. 아무도 예상하지 못한 성과를 그녀는 이루어낸 것이다. 이인종이 네 번의 도전을 시도할 수 있었던 것도, 드디어 대표선수로 선발된 것도, 스스로 태권도를 즐길 수 있었기에 가능했다고 본인은 말한다. 그러나 내가 보기에 더 중요한 점은 좌절을 겪으면서도 포기하지 않고 끊임없이 도전했다는 사실이다. 끈기와 도전정신이 이인종을 늦은 나이에 국가대표로 올라가게 한 힘이다.

그런데 당시 이인종에 관한 신문기사를 보니, 흥미로운 분석이 하나 있었다. 이인종이 금메달을 딸 수 있을 것인가에 대한 예측기사에서, 어느 기자는 이렇게 평했다. "이인종은 주특기가 없다. 그것이 이인종의 특기이다. 주특기가 없지만 못하는 기술도 없다."

상대방에 대한 정보가 거의 없는 상태에서 상대방의 기술이 일반적이고 평범하지만 능숙한 경지를 보이는 상황이라면 아무리 뛰어난 국제적 선수라도 상대방에 대해 전략을 세우기가 어려운 법이다. 이인종이 바로 그런 선수였다. 주특기가 없는 대신에 대부분의 기술을 보통 이상으로 해내어 좋은 결과를 얻는 것이다. 특별히 내세울 강력한 무기가 없는 대신에 어떤 기술이든 우수하게 대처할 수 있는 능력을 갖춘다는 것은, 타고난 천재적 능력보다 성실하게 갈고 닦은 노력형 선수임을 뜻하지 않을까? 아마도 어떤 분야이든 주특기가 없음은 타고난 뛰어난 천재적 자질이 없음을 뜻하지만, 그럼에도 국가대표가 되었음은 끊임없는 연습과 자기단련을 통해 그것을 극복했음을 뜻한다. 특별한 강점을 지니지 못함에 대해 특별한 약점이 없다는 장점으로 대처한 것이다.

이인종이란 태권도 선수를 바라보면서 우리 학생들이 배워야 할 점 두 가지를 생각해본다. 서른 한 살의 태권도 국가대표 선수, 정말 어려운 성취를 이루어내었다. 그것도 네 번의 실패 끝에 얻어낸 성취다. 놀라운 도전 의식의 산물이 아닐 수 없다. 스스로 꿈을 가지고, 그 꿈의 도전에 포기하지 않으면, 언젠가는 꿈을 이룰 수 있다는 교훈을 그녀의 성취에서 바라보게 된다. 이인종 선수는 런던올림픽에서 메달을 따지 못하고 35살에 경찰학교에 들어가 경찰이 된 후 36살에 경찰청 대표로 대회에 출전하기도 했다. 그 나이에 태권도 대회 출천은 아무도 생각하지 못했지만, 도전의식이 모든 사람의 예상을 깨고 불가능을 가능하게 만들었다.

또 하나는 성실이 천재성을 능가할 수 있다는 사실이다. 국가대표 쯤 되면 주특기가 하나 정도는 있어야 제 구실을 할 수 있다고들 한다. 그러나 뛰어난 특기 하나 없지만, 그것을 극복하는 것은 더 어렵다. 그것은 오랜 시간의 인고와 꾸준한 연마가 필요하기 때문이다.

교육자계 한편에는 '하나만 잘하면 된다'는 특기 중심 인재양성법을 주장하는 이들이 있다. 그 주특기 만들기 교육은 전인적 교육을 포기하게 만들고, 결과적으로 불완전한 인성을 양육하게 될 가능성이 높다. 남보다 잘 하는 특기 하나가 없더라도, 모든 부분에서 성실하게 자기의 가치를 형성하는 인재는 언제나 자기의 가치를 발휘할 수 있을 것이다. 남들 눈에 확 띄기는 어렵지만, 묵묵하게 자기 역할을 다 할 수 있는 인재가 사회를 조용하게 이끌어간다.

오십보소백보
- 도덕적 결함, 절대적인가 상대적인가?

우리가 흔히 인용하는 고사성어 중에 '오십보백보(五十步百步)'라는 말이 있다. 워낙 잘 알려진 고사로, 맹자와 양혜왕의 대화 중 일부이다. 어느날 양혜왕이 맹자에게 다음과 같은 질문을 했다. "과인은 나랏일에 정성을 다하고 있습니다. 河內(하내)가 흉년이 들면 그곳 백성들을 河東(하동)으로 옮기고, 하동의 곡식을 하내로 옮깁니다. 그리고 하동이 흉년이 들었을 때도 마찬가지로 백성들과 곡식을 서로 옮기곤 합니다. 이웃 나라의 정치를 살펴볼 때 과인처럼 마음을 쓰는 사람이 없습니다. 그런데도 이웃 나라 백성이 더 줄지도 않고, 과인의 백성이 더 많아지지도 않으니 어찌된 일입니까?" 맹자는 이렇게 대답했다. "왕께서 싸움을 좋아하시니까 싸움으로 비유를 하겠습니다. 북을 요란스럽게 두들기며 칼날이 맞부딪게 되었을 때 갑옷과 무기를 버리고 달아나는 자들이 있는데, 어떤 병사는 백 보를 도망가고 어떤 병사는 오십 보를 도망가서 그쳤습니다. 그런데 오십 보를 달아난 사람이 백 보 달아난 사람을 보고 겁이 많은 사람이라 비웃는다면, 왕께선 이를 어떻게 보십니까?" "그야 옳지 못한 일이지요. 설사 백 보는 아닐망정 역시 달아난 건 달아난 거니까요." "왕께서 만일 오십 보로 백 보를 비웃는 것이 옳지 못한 줄 아신다면, 백성들이 다른 나라보다 많아지기를 바라지 마십시오."

맹자는 한쪽 백성을 살리기 위해 다른 쪽 백성을 못살게 구는 양혜왕의 통치방식을 비판한 것인데, 맹자의 이 비유는 문제의 근본을 해결하지 않고, 임시방편으로 해결하려 해서는 안 됨을 설파한 것이라 볼 수 있다. 전투에서 도망쳤다는 본질은 같은데 어느 정도 도망갔느냐는 현상만으로 옳고 그름을 따질 수는 없다는 뜻이다.

그런데 정치비평가 유시민 씨가 어느 인터뷰에서 이런 말을 한 적이 있다. "우리가 하는 말 중 '오십보 소백보(五十步笑百步)', 즉 '50보 도망간 자가 100보 도망간 자를 비웃냐'는 말이 있는데 저는 그게 잘못된 얘기라고 생각합니다. 50보 도망간 것과 100보 도망간 것은 같은 것이 아닙니다. 우리 삶에는 '옳다, 그르다' 확실히 판단할 수 있는 것도 있지만, 대부분이 사실 '정도'의 차이입니다. '정도의 차이'가 '옳고 그름'의 문제보다 훨씬 더 중요하고 일반적입니다. 100보를 도망간 사람은 해보지도 않고 맨 처음 도망간 사람이에요. 50보 도망간 사람은 해보려고 노력하다가 죽을지도 모른다는 위협에 도망간 사람입니다. 저는 이것이 대단히 중요한 차이라고 생각합니다."

결국 이 문제는 윤리의 절대성과 상대성에 대한 관점으로 귀결될 것이다. 어떤 상황에서는 오십보나 백보나 같을 수 있고, 어떤 상황에서는 그 정도의 차이가 클 수도 있을 것이다. 오십보나 백보나 본질에서는 같다고 본 맹자와 현실적 삶에서는 그 정도의 차이가 중요하다고 보는 유시민의 견해는 어떻게 받아들여야 할까?

어느 정권에서나 고위공직 인사가 결정되면, 당사자의 도덕성과 윤리성이 문제가 되곤 한다. 위장전입 문제, 군 입대 면제 문제 등으로 시끄럽다. 최근에는 국회의원 시절 피감기관의 돈으로 외국 출장인지 외국 나들이인지 모를 행차를 해서 논란이 되고 있다. 이런 일이 있을 때마다 의혹을 받은 당사자들은 관행 탓을 하곤 한다.

행정가로서 능력은 뛰어난데 도덕적 결함이 있는 경우, 인사권자는 판단하기 어려운 모양이다. 큰일을 위해 작은 결함은 눈감고 넘어가자는 식의 읍소를 듣는 경우도 많다. 이런 논란 자체가 역사적 발전 과정으로 볼 수도 있겠지만, 인사가 이루어질 때마다 이런 논란이 생기는 현상은 참 씁쓰레하다. 우리 사회의 도덕 해이가 정도를 넘어선 것 같기 때문이다.

정치적으로는 정도의 차이를 봐서 판단하자는 융통성이 필요할지 모르지만 윤리적으로는 수긍하기 어렵다. 한 나라의 중요한 인사를 처리하는데 '정도의 차이'를 어떻게 재단할 수 있을까? 수구하려는 쪽에서는 현실적 불가피성을 내세울 수 있지만, 변화와 개혁을 주장하는 입장에서는 그 상대주의가 매우 위험한 칼날이 될 수 있다. 현실을 내세워 후퇴하다 보면 어느 새 개혁은 저 멀리 물 건너가 버릴 수 있기 때문이다. 그래서 도덕적 상대주의는 위험하다.

큰 돈은 귀신도 통한다
– 돈의 위력에 맞설 힘은 어디에도 없는가

'전가통신(錢可通神)'이란 고사성어가 있다. 당나라 사람 장고가 지은 〈유한고취(幽閒鼓吹)〉라는 책에 실린 이야기에서 유래된 말로서, 흔히 '전가통귀(錢可通鬼)'라고도 한다. 장연상이란 유능한 관리가 있었는데 매사에 합리적으로 일을 잘 처리해서 존경을 받았던 모양이다. 이 자가 하남지방의 책임자로 부임했을 때 마침 왕의 인척과 고위관리들이 연루된 큰 비리 사건이 발생하였다. 권력자들이 관련된 사건이므로 다른 관리였다면 대충 덮어버리려 했을 텐데, 장연상은 그의 명성에 걸맞게 이 사건을 10일 안에 해결하겠다며 철

저하게 조사하라고 부하들에게 엄명을 내렸다.

그러자 그 다음날 누군가가 사건을 무마해달라는 쪽지와 함께 3만 관의 거금을 책상에 두고 갔다. 장연상은 노발대발하며 이를 돌려주었다. 그 다음 날 5만 관을 보냈으나 돌려주었고, 또 그 다음 날은 7만 관을 보냈으나 돌려주었다. 모든 신하들이 그의 청렴함에 감탄했다. 그런데 그 다음 날 10만 관의 거금을 보내오자, 장연상은 그 돈을 받아들이고 사건을 조사하지 않은 채 종결시켜 버렸다.

그것을 본 측근이 어찌 그럴 수 있냐고 따지자 장연상이 대답하기를 "10만 관이라는 돈은 귀신과도 통할 수 있는 액수이다. 이를 거절했다가는 내게 화가 미칠까 두려우니 그만두지 않을 수 없다(錢至十萬, 可通神矣. 無不可回之事, 吾懼及禍, 不得不止)."고 했다는 것이다. 이 이야기에서 나온 '전가통신'이란 성어는 돈으로 해결할 수 없는 것이 없다는 뜻으로 쓰인다. 흔히 돈의 위력을 일컫기 위해 쓰기도 하지만, 큰돈이 오가는 뇌물은 인간의 힘으로 거절하기 어려울 정도로 위력을 갖는다는 뜻으로도 쓴다.

요즈음 우리나라에서 벌어지는 비리 사고들을 보면 이 말이 새삼 실감난다. 다른 것은 말할 필요도 없이 저축은행들이 벌인 부실대출 사고들을 보면 그 비리의 규모가 억 대가 아니라 조 단위로 올라가서 서민들의 어안을 벙벙하게 만든다. 그 정도 돈이면 귀신도 통하게 할 수 있을 만하다 싶다. 그럼에도 책임지는 관리가 없다.

반면에 서민들의 고통은 점점 더 무거워져 가고 있다. 서민층의 대학생들은 비싼 등록금과 생활비를 조달하느라 아르바이트에 시간을 다 뺏겨야 하고, 그러니 취업 경쟁에 뒤쳐질 수밖에 없고, 그러니 졸업을 앞두고도 취업 걱정에 시름이 깊어가는 것이 현실이다. 빈부의 격차가 점점 커져가고 있어서, 서민들의 상대적 생활고는 OECD 국가들 중 밑에서 두 번째라는 통계도 나왔다.

그럼에도 불구하고 상상하기 어려운 큰돈들이 뇌물로 쓰이고, 정부도 기업도 자기들 배불리기에만 급급하지 이런 문제들을 근본적으로 해결할 고민을 하지 않는다. 이쯤 되면 '전가통신'란 고사성어는 서민들의 생활고를 한없이 초라하게 만드는 말이 아닐 수 없다. 돈의 위력에 맞설 힘은 아무 것도 없다는 불편한 진실이 그렇게 만든다.

일본인의 대타의식
– 위선이 최선이다

1979년 5월에 일본 시모노세끼에서 있었던 일이다. 당시 우리나라 신문들을 뒤지다가 우연히 보게된 기사인데, 어느 아마추어 낚시꾼이 횡재를 한 사건이다. 일본인 낚시꾼이 1kg짜리 금괴 10개를 비롯해서 약 10만 달러에 해당하는 금괴를 건져 올렸다. 그런데 그 낚시꾼은 아무도 모르게 조용히 집으로 가져가서 꿀꺽해도 될 상황이었음에도 경찰에 신고를 했다는 것이다. 일본에서도 그 당시에는 10만 달러라면 큰돈이었다. 기사를 보도한 신문은 당시에 일본에서 한국으로 금괴를 밀수한 일이 많았기에 밀수 금괴일 것으로 추정하였다. 일본 경찰은 주인을 찾기 위해 공시했으나 밀수품이어서 그랬는지 1년이 넘도록 주인이 나타나지 않았다. 결국 일본 경찰은 법에 따라 금괴를 주운 그 낚시꾼에게 돌려주려 하였다. 그러나 그는 금괴를 받으려하지 않았다. 내 것이 아닌데 왜 내가 가지느냐는 것이었다. 결국 그 금괴는 일본 정부에 귀속되었다. 이 '정직한 일본인' 사건은 당시 한국에서도 꽤나 화제가 되었던 모양이다.

물론 이 사건은 일본인의 정직성이 얼마나 놀라운가를 알게 한다. 일본을 한 번이라도 여행해본 사람은 이구동성으로 일본인의 질서의식과 정직성에 대해서 감탄하곤 한다. 나도 일본 여행 중에 어느 식당에서 300원 짜리 일회용 라이터를 놓고 나온 적이 있는데, 그 식당 종업원이 100미터가 넘는 거리를 달려와 내 손에 라이터를 쥐어주고 돌아간 일을 겪었다. 그때에는 단지 일본인의 장사꾼 정신으로만 여겼는데 비슷한 일들을 겪다보면 일본인의 정직성과 질서에 대한 존중성이 매우 높음을 인정하지 않을 수 없게 된다.

그런데 가만히 지켜보면 일본인의 정직성, 도덕성, 질서의식은 다분히 대타적인 성격을 지닌 것임을 발견하게 된다. 도쿄 시내를 걷다 보면 밤과 낮이 무척 다름을 알 수 있다. 낮에는 담배꽁초 하나, 휴지 한 장 버리지 않는 일본인들이 밤이 되면 거리에서 가래를 뱉고 소변을 본다. 물론 그 지역이 유흥지역이어서 그랬는지는 모르지만, 일본인들의 질서의식이 남의 눈을 무서워하는 데에서 비롯된 게 아닐까 하는 의심을 갖기에 충분했다. 일본인들은 유달리 남에게 폐 끼치기를 싫어한다. 남들이 눈살을 찌푸릴 일은 절대 행하지 않는다. 남을 무시한 행동을 일삼을 때는 여차 없이 이지매(왕따)를 당하게 된다. 타자의 집결체는 사회 전체이다. 그래서 일본은 아직도 중세적 전체주의의 잔재가 남은 듯이 보이고, 어떤 이는 일본을 자발적 공산주의 사회로 보기도 한다. 강요에 의해서가 아니라 자발적으로 개인을 희생하고 전체의 질서에 구속당하기 때문이다.

원인이 어디에 있건 일본인들의 '전체를 살리기 위

한 개인의 절제' 형태는 세계 어디에서도 볼 수 없는 모습이기에 경이롭게 느껴진다. 사실 일본의 침략을 받았고 식민지 경험을 가진 우리에게는, 그것이 그냥 놀랍기만 한 게 아니라 놀랍도록 두려운 것이지만.

일본 대지진 사태는 전 세계를 놀라게 했지만, 이 재앙에 대처하는 일본인들의 모습은 더욱 놀라운 뉴스거리였다. 도적질, 약탈, 무질서로 뒤범벅되었던 아이티의 상황이 일반적인 인간의 당연한 행태라 생각하면, 일본인의 그 의연함은 더욱 놀랍다. 일본에서도 약간의 동요가 있었지만, 정부와 전문가가 아무리 우리나라에는 방사능이 번져오지 않는다고 설명해도 느닷없이 요오드제, 다시마, 일본제 과자, 귀저기 등을 사재기해대는 한국인의 냄비 행태와 비교해보면, 그 정도의 동요는 사소한 정도라 치부해도 좋다. 그게 일본인의 대타 의식이 가지는 장점일지 모르겠다.

그렇게 생각해보면 금괴를 착복하지 않은 그 낚시꾼도, 다른 가족의 더 큰 슬픔을 자극하지 않도록 작은 슬픔에 울지 않은 일본인도 결국은 타자의 눈을 의식해서 그랬던 듯하다. 그래서 다른 한편으로 생각해보면 대타의식에서 발현된 윤리와 도덕이 얼마나 굳건할까 하는 의구심도 든다. 스스로에게서 발현된 윤리와 도덕이야말로 더 강할 수 있을 테니까. 맹자는 근신을 이야기했다. 혼자 있을 때, 즉 남에게 보이기 위한 도덕이 아니라 자기 자신만 있어도 지키는 도덕이야말로 더 순결한 것이다.

그러나 근신이란 얼마나 이상적인 것일까? 정말 위선적이지 않은, 즉 남에게 보이기 위한 것이 아닌, 순수한 도덕심과 절대적 윤리의식에서 일어나는 선행이란 가능하기나 할지? 아마 성인이나 도인의 레벨이라면 모를까 일반 인간으로서는 위선이 최선일 듯싶다. 위선도 선이며, 그 위선도 일반인들은 근접하지 못한다. 그래서 비록 대타의식에서 나온 일본인의 정직성, 희생정신과 질서의식이지만, 그 가치는 혼란스러운 상황일수록 더욱 값어치가 높음을 인정하지 않을 수 없다.

기후의 변화와 대재앙
- 더 이상 먼 미래의 공포가 아니다

여름이 되면 연일 계속되는 불볕더위로 짜증과 고통의 연속이 된다. 원래 여름이란 게 그렇다고 하더라도 갈수록 심해진다는 느낌이다. 연일 불면증에 시달리고, 무기력증에 빠져있어야 했다. 최근 언론 보도를 보면 우리나라 기상청장은 강하게 발달한 북태평양고기압의 블로킹 때문에 폭염이 발생했다고 설명한다. 대륙에서 뜨겁게 달궈진 채로 서풍을 타고 한반도로 들어오는 몽골, 중국, 러시아 남부의 공기가 북태평양고기압의 블로킹에 막혀 동해로 빠져나가지 못하고 한반도에 갇혀 있다는 것이다. 수증기 많은 남서기류가 들어와 비도 뿌려줘야 열기를 식힐 것인데 그도 막혀 있고, 태풍도 올라오지 못한다고 한다. 결국 이러한 현상은 알래스카 쪽 베링해 수온이 평년보다 3~4도 높게 유지되고 있기 때문이다. 한반도로 오는 대륙 공기는 평년보다 5도 이상 뜨거운 상태다. 즉 폭염의 근본적 원인은 결국 기후변화인 셈이다.

겨울이 되면 이전보다 더 추워진다. 같은 기후 현상 때문이다. 봄이 되면 미세먼지가 기승을 부린다. 이제 4계절 모두가 우리에게 더 이상 축복이 아니게 되었다.

그놈의 온실효과가 우리를 골병들게 만들고 있다. 농작물, 해산물이 죽어가고, 콜레라가 발생했다. 점점 기후변화가 우리를 공포로 몰아가고 있다. 이쯤 되면 폭염은 우리가 곧 겪게 될 대재앙을 예고하는 듯이 보이기도 한다.

사실 우리를 위협하는 재앙의 양태가 한 두 종류가 아니고, 우리가 막연하게나마 현실로 다가올지 모른다는 두려움으로 받아들이는 현상들도 한 둘이 아니다. 〈부산행〉, 〈터널〉 등 최근에 재앙을 다룬 영화들이 양산되는 것도 이러한 사회적 심리를 영화산업이 이용하고 있음을 의미한다.

그래서 그런지 이번 여름에는 리처드 A 포스너(Richard A Posner)의 〈대재앙〉과 같은 책에 관심을 갖게 된다. 이 책은 인류사회가 맞을 대재앙들을 제시하고 그 원인과 대책을 논의하고 있다. 포스너는 재앙을 '자연적 재앙(유행병, 소행성 충돌, 화산 폭발, 지진 등)', '과학의 재앙('입자가속기 RHIC'라는 실험기구의 원리를 이용하면 가능성은 낮지만 쿼크를 형성하여 지구를 지름 100m 정도의 고밀도 구(球)로 변형시킬 수도 있다는 스트레인지렛 시나리오, 모든 물질을 먹어치우는 나노머신의 등장, 유전자변형식물 등)', '의도하지 않은 인재(지구온난화, 천연자원의 고갈, 생물의 다양성 상실, 인구문제 등), '의도적인 재앙(핵겨울, 바이오 테러, 사이버 테러, 디지털화 등)'으로 나누어 세밀하게 설명한 후, 이 재앙들이 왜 문제가 되는지, 이를 대비하기 위한 방책은 무엇인지 등을 기술하고 있다.

포스너의 설명 중 재미있는 것 하나는, 이 재앙들

이 문제가 되는 원인으로 일반인들이 과학에 대해 무관심함을 들면서 한편으로는 지나치게 영화나 미디어를 통해 재앙에 익숙해져 버린 탓에 그 심각함을 들여다보지 않으려 한다는 것이다. 최근 로마와 미얀마에서 지진이 발생하여 문화재가 파괴되는 상황이 일어났다. 테러 문제의 심각함은 도를 넘어서서 정말 외국에 여행하는 일이 두려워지고 있다. 백두산이 언제 폭발할지 모른다는 과학자들의 경고도 있다. 알파고가 이세돌을 물리쳤으니 인공지능의 위험성도 발등에 떨어진 불이 아닐 수 없다. VR, AR 등의 신기술들이 인류를 어떻게 변화시킬지도 알 수 없다. 포켓몬 때문에 벌어진 대만의 교통마비를 생각해보면 이 또한 남의 일로 치부할 수만은 없다.

그런데 우리는 재앙을 다루는 영화와 게임 등에 빠져서 당장 인류를 위협하는 대재앙을 눈 앞에 두고도 그 위험성을 감지하지 못하고 있으니 아이러니하다. '사드' 문제를 놓고 일어나고 있는 우리 사회의 님비 현상 역시 전쟁이라는 재앙에 대해 자기 일로 여기지 않는 무감각의 한 가락을 보여주고 있는 것은 아닌지 우려하게 된다.

그깟 더위에 좀 시달렸다고 인류 대재앙 운운하는 건 너무 엄살을 과하게 떠는 것 아니냐고 할지 모르겠다. 정말 글쟁이가 오버하는 것이라면 좋겠다. 『대재앙』을 쓴 포스너는 지구과학자도 아니고 물리학자도 아니며 통계학자도 아니다. 그의 직업은 판사다. 하지만 그처럼 지구의 재앙에 두루 관심을 갖고 통찰하려 하는 사람도 드물다. 이제 이런 사람들의 조언에도 귀를 기울일 필요가 있지 않을까?

대재앙을 막으려면 구체적인 경제적, 정책적 해결 방안들을 찾아나서야 한다. 그러기 위해 먼저 우리의 과학적 관심이 필요하다. 그리고 이를 해결하려는 생활 속에서의 실천이 시급하다. 대재앙이 멀지 않았으니 그 우려를 엄살로 치부하지 말고 관심을 쏟아보기로 하자.

분노하는 사회
– 분노의 힘으로 창의적 생산력을

한국 사회는 분노에 휩싸여 있다. 전 대통령들의 전 횡에 분노하고 있고, 미투 운동으로 들끓고 있다. 분노 하는 한국 사회는 촛불 운동으로 현 대통령을 탄핵시 키기도 했고, 갑질하는 재벌들을 질타하기도 한다. 지 금 한국 사회는 어느 때보다 분노하고 있다.

사회학자 니콜라스 루만은 현대사회의 다양한 사회 적 기능체계들 중에서 경제 체계와 매스미디어 체계 가 가장 급속하게 진화했다고 주장하는데, 바로 이러 한 기능체계가 현대인의 욕망을 부추기고, 욕망을 충 족하지 못하는 현대인들은 정치적 사건에서부터 사소한 일상적인 삶에 이르기까지 상시로 분노를 경험하는 이른바 분노의 일상화에 노출되어 있다고 한다. 구조화된 분노가 현대인의 일상생활에 투영되기 때문이란다. '헬조선'이란 말은 한국 사회에 구조화된 분노가 정착했음을 보여준다.

그 분노의 사회는 숱한 댓글 사건을 야기하고, 진영 간의 싸움을 소모적이고 비인간적인 것으로 추락시킨다. 영국의 철학자 토마스 칼라일은 "싸움을 할 때, 분노를 느끼든 느끼지 않든, 우리는 진리 때문에 싸우는 것이 아니라 분노 때문에 싸우는 것이다."라고 했다. 진실을 위해 싸운다고 명분을 내세우지만, 어쩌면 우리는 분노를 풀기 위해 사회적 갈등을 부추기고 있지는 않을까?

이른바 명언이나 잠언들을 보면 분노하지 말라고 타이른다. 분노가 모든 것을 망친다는 명언은 숱하게 많다. '노(怒)'라는 한자를 보면 재미있다. 노예란 뜻의 '奴'에다 마음 '心'을 붙였다. 즉 마음이 노예가 된 상태라는 뜻이겠다. 마음이 자유롭지 못하니 분노하지 말라는 옛 어른들의 말씀을 무시할 수 없다.

그러나 사회의 분노는 어떨까? 개인적으로도 분노가 창의적 성과를 만들어낸 사례를 볼 수 있다. 흔히 알려진 예로, 스티브 잡스는 어머니와 자신을 버린 아버지에 대한 분노를 창의력으로 바꾸었다고 하고, 명차 람보르기니도 페라치오 람보르기니가 페라리에 조언했다가 무시하자 그 분노로 만들어졌다는 일화들이 있다.

2011년에 네덜란드의 심리학자들이 분노의 창의력과 관련한 실험을 했다. 학생들을 세 그룹으로 나눠, 분노했던 경험, 슬프게 만들었던 일화, 평범한 어린 시절 이야기에 대해 에세이를 쓰게 했다. 에세이를 쓰면서 참가자들은 그룹별로 분노, 슬픔, 중립적인 감정을 느끼게 되었는데, 그런 다음 그들에게 정해진 시간 동안 환경 보호와 관련한 아이디어를 생각해서 종이에 쓰게 만들었다. 50가지 분야에서 300개가 넘는 아이디어가 나왔는데, 분석을 해보았더니 분노의 감정 상태에 있던 참가자들이 훨씬 더 많은 아이디어를 도출했고, 그보다 더 중요한 사실은 분노의 그룹이 틀에서 벗어난 사고력으로 더 독창적인 아이디어를 제출했다는 것이다.

네델란드 심리학자들은 이 결과를 다음과 같이 설명했다. "수동적 감정인 슬픔이나 걱정은 사람을 움츠러들게 하고 조심스럽게 만들지만, 적극적인 감정인 분노나 화는 기분을 활성화시키고 공격적으로 만든다. 그래서 주변 환경을 불확실하게 보지 않고 주도적인 태도를 갖게 한다. 영역을 넘나들며 관심을 확장시키게 되고, 사고의 체계성은 떨어지지만 시각이 넓어져 다른 것을 보게 된다."

그렇다면 이제 우리는 분노의 사회가 가야할 길을 생각해봐야 할 것이다. 분노를 분출함을 즐기거나, 상대적인 도덕적 우월성으로 자기만족에 빠지거나, 더욱 심각한 것은 이런 현상을 정치적으로 이용하려 하거나, 댓글 등으로 자위하는데 그치거나 한다면 현실은 더욱 악화될 뿐이다.

이제 우리는 분노를 어떻게 다룰 것인가를 고민해야 한다. 분노를 무마하거나 억제하는 방향이 아니라, 혹은 심리적 노예상태에 머물게 할 것이 아니라, 더 창의적이고 가치 있는 방향으로 물꼬를 만들어내어야 한다. 우선은 분노의 사회가 바른 가치를 창출하고, 올바른 소통의 길을 찾도록 사회 전체가 합리적인 각성을 해야 하는데, 이를 위해 정치, 언론, 종교, 학문제 분야의 지식인들이 힘을 모아야 한다. 그렇게 해서 분노의 사회가 소통의 길을 얻는다면, 그 분노의 힘을 창의적 생산력으로 변환시킬 수 있지 않을까 소망해 본다.

조 정 래

서경대학교 문화콘텐츠학부(전 국어국문학과) 교수입니다.

연세대학교 국어국문학과를 졸업하고 같은 대학교에서 석사, 문학 박사학위를 취득했습니다.

한국 현대소설을 주 전공으로 연구하다가 서사론, 소설창작론, 영화 서사론, 스토리텔링 등으로 관심을 넓혀왔습니다.

『소설이란 무엇인가(공저)』, 『한국 근대사와 농민소설』, 『서사문학의 이해와 창작(공저)』, 『스토리텔링 육하원칙』, 『스토리텔링의 모든 것』 등의 책과 다수의 논문을 발표하였습니다.

한국문학연구학회 회장을 역임하였습니다

나에게로 가는 길

초판 인쇄 | 2018년 5월 31일
초판 발행 | 2018년 5월 31일

지 은 이 조정래

책 임 편 집 윤수경

발 행 처 도서출판 지식과교양
등 록 번 호 제2010-19호
주 소 서울시 도봉구 삼양로142길 7-6(쌍문동) 백상 102호
전 화 (02) 900-4520 (대표) / 편집부 (02) 996-0041
팩 스 (02) 996-0043
전 자 우 편 kncbook@hanmail.net

ISBN 978-89-6764-121-4 03810 　　　　　정가 18,000원